国家出版基金项目
NATIONAL PUBLICATION FOUNDATION

王力全集　第二十二卷

龍蟲並雕齋詩集

王　力著

中華書局

圖書在版編目(CIP)數據

龍蟲並雕齋詩集/王力著. —北京:中華書局,2015.1
(2016.8 重印)
(王力全集;22)
ISBN 978-7-101-10089-1

Ⅰ.龍… Ⅱ.王… Ⅲ.詩集-中國-當代 Ⅳ.I227

中國版本圖書館 CIP 數據核字(2014)第 066372 號

書　　名　龍蟲並雕齋詩集
著　　者　王　力
叢 書 名　王力全集　第二十二卷
出版發行　中華書局
(北京市豐臺區太平橋西里 38 號　100073)
http://www.zhbc.com.cn
E-mail:zhbc@zhbc.com.cn
印　　刷　北京天來印務有限公司
版　　次　2015 年 1 月北京第 1 版
2016 年 8 月北京第 2 次印刷
規　　格　開本/880×1230 毫米　1/32
印張 11⅜　插頁 2　字數 220 千字
印　　數　3001-5000 冊
國際書號　ISBN 978-7-101-10089-1
定　　價　45.00 元

《王力全集》出版説明

王力（一九〇〇—一九八六），字了一，廣西壯族自治區博白縣人，我國著名語言學家、教育家、翻譯家、散文家和詩人。

王力先生畢生致力於語言學的教學、研究工作，爲發展中國語言學、培養語言學專門人才作出了重要貢獻。王力先生的著作涉及漢語研究的多個領域，在漢語發展史、漢語語法學、漢語音韻學、漢語詞彙學、古代漢語教學、文字改革、漢語規範化、推廣現代漢語普通話和漢語詩律學等領域取得了傑出的成就；在詩歌、散文創作和翻譯領域也卓有建樹。

要了解中國語言學的發展脉絡、發展趨勢，必須研究王力先生的學術思想，體會其作品的精華之處，從而給我們帶來新的領悟、新的收穫，因而，系統整理王力先生的著作，對總結和弘揚王力先生的學術成就，推動我國的語言學及其他相關學科的發展，具有重要的意義。

《王力全集》完整收録王力先生的各類著作三十餘種、論文二百餘篇、譯著二十餘種及其他詩文等各類文字。全集按内容分卷，各卷所收文稿在保持著作歷史面貌的基礎上，參考不同時期的版本精心編校，核訂引文。學術論著後附「主要術語、人名、論著索引」，以便讀者使用。

《王力全集》的編輯出版工作，得到了王力先生家屬、學生及社會各界人士的幫助和支持，在此謹致以誠摯的謝意。

中華書局編輯部

二〇一二年三月

本卷出版説明

本卷是王力先生的詩集。

《龍蟲並雕齋詩集》一九八四年由北京出版社出版，收録了王力先生從一九二一年到一九八二年間的詩作約九十首。原書包括三個部分：王力先生手書詩作，吴坤定、張雙棣二位先生爲王先生詩作作的注，幾位先生爲王力先生所創作的詩作（附録）。張谷先生編的《王力詩論》一九八八年由廣西人民出版社出版，内容有詩論和詩作兩部分，其詩作包括夏蔚霞先生在王力先生逝世後發現的一些没有發表過的。

此次收入《王力全集》，我們以北京出版社本爲底本進行了繁體録排，因爲著作權問題，删去了原書的附録部分。王先生的詩作保留了影印部分，並請張雙棣先生通讀、修訂了注釋部分。張先生同時提供了王先生八十年代遊黄山時的詩作。在此謹向張先生表示深深的謝意！另外，增加了《贈緝志》，原作和注均爲王緝志先生提供，謹向王緝志先生表示謝意！其餘部分則以《王力詩論》爲據進行了編輯加工。

中華書局編輯部

二〇一三年八月

目録

自序

我從小愛好詩詞。我六七歲的時候，父親教我吟誦李白的詩句：「牀前明月光，疑是地上霜。舉頭望明月，低頭思故鄉。」我的曾祖父文田公寫得一筆好字，他用楷書小字抄録了一本唐詩。我小時候把這本唐詩當作字帖來臨寫，因此也讀了一些唐詩，至今我還能背誦其中的幾首五律，如王維的《山居秋暝》：「空山新雨後，天氣晚來秋。明月松間照，清泉石上流。竹喧歸浣女，蓮動下漁舟。隨意春芳歇，王孫自可留。」《過香積寺》：「不知香積寺，數里入雲峰。古木無人徑，深山何處鐘？泉聲咽危石，日色冷青松。薄暮空潭曲，安禪制毒龍。」常建的《破山寺後禪院》：「清晨入古寺，初日照高林。曲徑通幽處，禪房花木深。山光悦鳥性，潭影空人心。萬籟此俱寂，惟聞鐘磬音。」等等。

我的青年時代，博白的文人在中秋節前後常常舉行對聯比賽。由主事人出上聯，徵求人們對下聯。我常常應徵得獎。我二十歲時，在大車坪村李氏家塾當教師，有個家長名叫李蔭田，喜歡吟詩屬對。他建議把對聯比賽改爲綴句比賽。綴句就是填空。他要求人們填寫一個十一字的句子。祇有首尾兩字是固定的，其餘九字由人們隨意填寫。我每次都參加比賽。記得有一次的考題是「大○○○○○○○○生」。我填寫的三個句子是：

大名不朽，勝如學佛得長生。
大才未展，肯隱林泉了一生？
大年可致，寡欲清心善攝生。

李蔭田搞綴句搞膩了，又發起賽詩會。由他命題，要求寫一首七絕。下面兩首七絕就是我應徵的兩首詩：

中秋步月

金餅蹲鴟懶入脣，徘徊月下翠眉顰。
香閨寂寞難歸寢，恨煞天涯薄倖人。

十月刈禾

大田禾熟正初冬，萬頃黄雲隴上封。
盡日揮鐮勤刈穫，歸來樽酒醉山農。

我在大平坡開國學校教書的時候，同事中有個老秀才，名叫馮彰全，他也喜歡吟詩屬對。晚飯後，我們二人一起散步，多次吟詩鐘爲戲。我的詩鐘做得不好，所以都忘記了。他做的詩鐘有好的，我記得有一首是詠美人、英雄的：

朱顏酡些魂迷蝶（美人）；
熱血濺殘氣吐虹（英雄）。

年終話別時，我贈給他一首七律，現在記不全了，衹記得開頭的兩句是：

明月窺窗話別勞，離情欲寫怯揮毫。

從二十二歲到二十六歲，我没有寫什麽詩。衹是一九二五年孫中山逝世時我寫了一副輓聯，原文不記得了。

一九二七年夏，王國維先生投昆明湖自殺，我去頤和園目睹慘狀，不覺痛哭失聲。我並不同情他的自殺，而是覺得像他這樣有才學的人，應該多活幾年。我寫了一首七古的輓詩，最後四句是：

似此良師何處求？山頹梁壞恨悠悠。
一自童時哭王父，十年忍淚爲公流！

從一九二七年到一九三二年，我在法國留學，没有寫過一首詩。歸國後，在清華大學任教，偶然有一次和俞平伯先生談起郁達夫的詩。我盛贊郁達夫的詩才。平伯説：「是的，他的詩很淺。」朱自清先生在旁邊笑着説：「淺，就是不好。」我聽了很受震動。我想：像郁達夫的詩才還不算數，我們豈不是碌碌餘子嗎？我看見一位詩論家説過：「詩有别腸。」意思是説，會寫散文的人不一定會寫詩。我從此自戒不要再寫歪詩了，以免貽笑大方。我在《〈惡之花〉譯者序》説：

爲信詩情具别腸，生平自戒弄詞章。
蜉蝣投火心徒熱，鶗鴂鳴春語不香。
豈有鴻文傳鵩鳥？羞將禿筆詠河梁。
深知遍體無仙骨，敢與騷人競短長？

一九五七年，我的《漢語詩律學》出版了。後來又出版了《詩詞格律》和《詩詞格律十講》。於是人們都誤會，以爲我是詩人。他們不知道，會講格律的人自己不一定是詩人，正如會講運動規則的人自己不一定是運動健將一樣。由於這種誤會，我不得不寫一些應景詩。特别是最近三年來，我的應景詩越來越多了。雖然也有幾首抒情詩，但是詩味不多。有人勸我出版一本集子，我很躊躇。我想起了俞平伯、朱自清的話，不敢把這些打油詩拿出去獻醜。我又想起林黛玉嘲笑賈寶玉的話：「這樣的詩，一時要一百首也有。」我如果出一本詩集，讀者一定嘲笑我説：「這樣的詩，一時要一千首也有！」這豈不是「災梨棗」？

經過長時間的考慮，我終於讓我的詩集出版了。這是從另一個方面考慮問題。詩言志。我各個時期的詩，足以表達我各個時期的思想感情。把我的詩按時代編排，可以讓讀者了解我一生的遭遇。從這一方面考慮，出版我的詩集還是可以的。我以此解嘲。

這些詩都是舊體詩。怕青年人看不懂，所以由吴坤定、張雙棣兩同志作注。我在這裏向他們表示謝意。

一九八二年九月二十一日

北京大學燕南園

自序

我從小愛好詩詞。我六七歲的時候，父親教我吟誦李白的詩句，「牀前明月光，疑是地上霜。舉頭望明月，低頭思故鄉。」我的曾祖父文田公寫得一筆好字，他用楷書小字抄錄了一本唐詩。我小時候把這本唐詩當作字帖來臨寫，因此也讀了一些唐詩，至今我還能背誦其中的幾首五律，如王維的山居秋暝：「空山新雨後，天氣晚來秋。明月松間照，清泉石上流。竹喧歸浣女，蓮動下漁舟。隨意春芳歇，王孫自可留。」過香積寺：「不知香積寺，數里入雲峰。古木無人逕，深山何處鐘。泉聲咽危石，日色冷青松。薄暮空潭曲，安禪制毒龍。」常建的破山寺後禪院：「清晨入古寺，初日照高林。曲徑通幽處，禪房花木深。山光悅鳥性，潭影空人心。萬籟此俱寂，惟聞鐘磬青。」等等。

我的青年時代，博白的文人在中秋節前後常常舉行對聯比賽。由主事人出上聯，徵求人們對下聯。我常常應徵得獎。我二十歲時，在大車坪村李氏家塾當教師，有个家長名叫李蔭田，喜歡吟詩屬對。他建議把對聯比賽改爲綴句比賽。綴句就是填空。他要求人們填寫一个十一字的句子。只有首尾兩字是固定的，其餘九字由人們隨意填寫。我每次都參加比賽。記得有一次的考題是「大〇〇〇〇〇〇〇〇〇生」。我填寫的三個句子是：

大名不朽，勝如學佛得長生，
大才未展，肯隱林泉了一生？
大年可致，寡欲清心善攝生。

李蔭同搞綴句搞膩了，又發起眷詩會。由他命題，要求寫一首七絕。下面兩首七絕就是我應徵的兩首詩：

中秋步月

金餅蹲鴟懶入脣，
徘徊月下翠眉顰。
香閨寂寞難歸寢，
恨煞天涯薄倖人。

十月刈禾

大田禾熟正初冬，
萬頃黃雲隴上封。
盡日揮鐮勤刈穫，

歸東樽酒醉山農。

我在大平坡開國學校教書的時候，同事中有个老秀才，名叫馮彰全，他也喜歡吟詩屬對。晚飯後，我們二人一起散步，多次吟詩鐘為戲。我的詩鐘做得不好，所以都忘記了。他做的詩鐘有好的，我記得有一首是咏美人、英雄的：

朱顏酡些魂迷蝶（美人）；

熱血濺殘氣吐虹（英雄）。

年終話別時，我贈給他一首七律，現在記不全了，只記得開頭的兩句是：

明月窺窗話別勞，
離情欲寫怯揮毫。

從二十二歲到二十六歲，我沒有寫什麽詩。只是一九二五年秋中山逝世時我寫了一副輓聯，原文不記得了。

一九二七年夏，王國維先生投

昆明湖自殺，我去頤和園目睹慘狀，不覺痛哭失聲。我並不同情他的自殺，而是覺得像他這樣有才學的人，應該多活幾年。我寫了一首七古的輓詩，最後四句是：

似此良師何處求？
山頹梁壞恨悠悠。
一自童時哭王父，
十年懸淚爲公流！

從一九二七年到一九三二年，

我在法國留學，沒有寫過一首詩。歸國後，在清華大學任教，偶然有一次和俞平伯先生談起郁達夫的詩，我盛贊郁達夫的詩才。平伯說：「是的，他的詩很淺。」朱自清先生在旁邊笑着說：「淺，就是不好。」我聽了很受震動。我想：像郁達夫的詩才還不算數，我們豈不是碌碌餘子嗎？我看見一位詩論家說過：「詩有別腸。」意思是說，會寫散文的人不一定會寫詩。我從此自戒不要再寫壞詩了，以免貽笑大方。我在「惡之花」譯者序說：

爲信詩情具別腸，
生平自戒弄詞章。
蜉蝣投火心徒熱，
鶗鴂鳴春語不香。
豈有鴻文傳鵬鳥？
羞將禿筆咏河梁。
深知適體無仙骨，

敢與騷人競短長：

一九五七年，我的「漢語詩律學」出版了。後來又出版了「詩詞格律」和「詩詞格律十講」。於是人們都誤會，以為我是詩人。他們不知道，會講格律的人自己不一定是詩人，正如會講運動規則的人自己不一定是運動健將一樣。由於這種誤會，我不得不寫一些應景詩。特別是最近二三年來，我的應景詩越來越多了。雖然也有發胸抒情詩，但是詩味不多。有人勸我出版一本集子，我很躊躇。我想起了俞平伯、朱自清的話，不敢把這些打油詩拿出去獻醜。我又想起林黛玉嘲笑賈寶玉的話：「這樣的詩，一時要一百首也有。」我如果出一本詩集，讀者一定嘲笑我說：「這樣的詩，一時要一千首也有！」這豈不是「災梨棗」？

經過長時間的考慮，我終於讓我的詩集出版了。這是從另一方面考應問題。詩言志。我各个時期的詩，也足以表達我各个時期的思想感情。把我的詩按時代編排，可以讓讀者了解我一生的遭遇。從這一方面考慮，出版我的詩集還是可以的。我以此解嘲。

這些詩都是舊體詩，怕青年人看不懂，所以由吳坤定、張雙棣兩同志作注。我在這里向他們表示謝意。

一九八二年九月二十一日

於北京大學燕南園。

中秋步月（一九二一年）〔一〕

金餅蹲鴟懶入脣〔二〕，徘徊月下翠眉顰〔三〕。
香閨寂寞難歸寢〔四〕，恨煞天涯薄倖人〔五〕。

注釋

〔一〕這是王力先生早年的一首詩作，它描述了中秋月夜少婦孤獨凄苦的閨愁和對負心郎君的强烈怨恨之情。◎步月，月下漫步。

〔二〕金餅，月餅。◎蹲鴟（dūnchī），大芋頭，因狀似蹲伏的鴟鳥得名。《史記·貨殖列傳》：「……吾聞汶山之下，沃野，下有蹲鴟。」廣西民間風俗，每逢中秋佳節，家家户户都以月餅、芋頭拜月。◎懶入脣，意爲吃不下。

〔三〕翠眉，舊時女子用螺黛（一種青黑色礦物顔料）畫眉，故稱「翠眉」。◎顰（pín），皺眉。

〔四〕香閨，女子的卧室。

〔五〕恨煞，怨恨到了極點。◎薄倖人，薄情人，負心人。

中秋步月

一九二一年

金餅躊躇懶入宵，
徘徊月下翠眉顰。
香閨寂寞難歸寢，
恨煞天涯薄倖人。

十月刈禾（一九二一年）〔一〕

大田禾熟正初冬〔二〕，萬頃黄雲隴上封〔三〕。
盡日揮鐮勤刈穫，歸來樽酒醉山農〔四〕。

以上七絶二首，是我二十一歲時在賽詩會上所作，幼稚可哂。姑存之。

注釋

〔一〕這首詩以質樸的語言表現了家鄉莊稼豐收的情景、農民的辛勤勞動和山村簡樸敦厚的生活。

〔二〕◎刈，割。◎禾，黍稷稻等糧食作物的總稱，這裏專指稻子。

〔三〕大田，《詩經·小雅·大田》：「大田多稼。」

〔四〕黄雲，形容金黄色的稻子。◎壠（原作隴），田埂，這裏指田。◎封，遮蓋，蓋滿。

〔四〕樽酒，一壺酒。樽，古代盛酒器，這裏指酒壺。

十月刈禾

一九二一年

大田禾熟正初冬，
萬頃黃雲隴上封。
盡日揮鐮勤刈穫，
歸來樽酒醉山農。

以上七絶二首，是我二十一歲時在賽詩會上所作，幼稚可哂。姑存之。

哭靜安師（一九二七年）〔一〕

海内大師誰稱首？海寧王公馳名久。
樗材何幸列門牆〔二〕？昕夕親炙承相厚〔三〕。
日月跳丸將一年〔四〕，心盲才絀枉鑽研〔五〕。
猶冀長隨幸一得〔六〕，爭知此後竟無緣〔七〕！
黄塵擾擾羽書急〔八〕，萬里朱殷天地注〔九〕。
勝朝遺老久傷心〔一〇〕，經此世變增於邑〔一一〕。
捐軀諸事早安排，猶勤功課誨吾儕〔一二〕。
無知小子相猜度〔一三〕，不聞理亂故開懷〔一四〕。
一朝報道無蹤迹，家人弟子忙尋覓。
頤和園内得公屍，身首淋灕裹破席。
竟把昆明當汨羅〔一五〕，長辭親友赴清波。
取義舍生欣得所〔一六〕，不顧人間喚奈何。

湖畔新荷暢生意，柳枝點水成深翠。
枝頭好鳥鳴鉤輈〔一七〕，岸上有人獨酸鼻。
似此良師何處求？山頹梁壞恨悠悠〔一八〕。
一自童時哭王父〔一九〕，十年忍淚爲公流！

注　釋

〔一〕靜安，王國維，字靜安，號觀堂。我國近代著名學者。浙江海寧人。早年研究哲學、文學，後又從事中國戲曲史和詞曲的研究，著有《曲録》《宋元戲曲考》《人間詞話》等。一九二五年任清華研究院教授。一九二七年在北京頤和園投水自盡。王國維的最大成就在古文字學、史學方面。他的遺著有《觀堂集林》。王力先生在清華研究院就讀時，曾師事王國維。這首詩是爲痛悼王國維之死而作的。詩中通過對往事的追憶，贊美了王國維的高尚品格；同時，也體現了師生之間的深厚情誼。

〔二〕樗（chū）材，無用之材。《莊子·逍遥遊》：「吾有大樹，人謂之樗。其大本擁腫，而不中繩墨；其小枝卷曲，而不中規矩。立之涂，匠者不顧。」◎門牆，原爲孔子門徒贊美孔子之道高不可攀，語見《論語·子張》：「夫子之牆數仞，不得其門而入，不見宗廟之美，百官之富。」這句詩的大意是，我雖然没有什麽才能，但有幸在名師的指導下學習。

〔三〕昕（xīn），拂曉。◎夕，日暮。◎親炙，親身受到教益。◎承相厚，猶言蒙老師厚愛。

〔四〕跳丸，古代百戲節目，表演者兩手連續快速地拋擲若干彈丸。比喻日月運行，形容時間過得很快。杜牧《寄浙東韓乂評事》詩：「跳丸日月十經秋。」

〔五〕心盲，比喻不明事理。◎才絀（chù），才能不足。這句大意是，由於自己没有什麽才能，雖然苦學了一年，也没有取得多大成績。

〔六〕冀，希望。

〔七〕爭知，怎知。此二句是説，還希望經常跟隨老師得到教益，怎知從此以後便没有了緣分。

〔八〕黄塵擾擾，塵土彌漫。◎羽書，古時徵調軍隊的文書，上插鳥羽，表示緊急。

〔九〕朱殷，赤黑色，指凝血的顔色。這兩句指國民革命軍北伐。

〔一〇〕勝朝，前朝。◎遺老，指前朝的舊臣。辛亥革命後，王國維以清朝遺老自居。

〔一一〕世變，世道的變化，這裏指革命軍北伐。◎於（wū）邑，悲傷的樣子。這兩句是説，王國維以清朝遺老自居，因不滿於世道的變化而久久傷心竟至自殺。王國維遺書云：「五十之年，祇欠一死。世變至此，義不再辱。」表現了他思想中反動的一面。

〔一二〕誨（huì），教導。◎吾儕（chái），我等。這兩句是説，王國維雖然已經做好了死的準備，但仍然認真執教。

〔一三〕無知小子，不懂事的小伙子，也是作者自指。

〔一四〕理亂，太平和亂世。韓愈《送李愿歸盤谷序》：「理亂不知，黜陟不聞。」這兩句是説，不懂事的小伙子胡亂猜測，以爲王（國維）先生不問政治，不管社會太平不太平，仍是快活地過日子。

〔一五〕昆明，頤和園昆明湖。◎汨（mì）羅，汨羅江，在湖南省東北部。戰國時楚詩人屈原憂憤國事，投此江而死。

〔一六〕取義舍生，爲了維護正義，不惜犧牲生命。語出《孟子·告子上》：「生，亦我所欲也；義，亦我所欲也。二者不可得兼，舍生而取義者也。」這兩句的意思是，王國維自以爲是捨生取義，死得其所，而不顧別人傷心落淚。實際上，王國維這種爲清朝盡忠的思想，是反動的。這句衹是爲了説明這種捨生取義的思想促使他自殺，並非對他的自殺表示同情。

〔一七〕鉤輈（gōuzhōu），鳥鳴聲。「湖畔」四句大意是，昆明湖畔初綻的荷花欣欣向榮，翠緑的柳枝輕輕地點拂着水面，枝上的鳥兒無憂無慮地在鳴唱，然而，岸上却有人爲老師的死感到心酸。

〔一八〕山頽梁壞，比喻重要人物的死亡。《禮記·檀弓上》：「孔子蚤（早）作，負手，曳杖，消揺於門，歌曰：『泰山其頽乎？梁木其壞乎？哲人其萎乎？』」◎恨悠悠，抱恨無窮。

〔一九〕王父，祖父。《爾雅·釋親》：「父之考爲王父。」這兩句是説，自從小時爲祖父的死而掉淚，到現在整整過了十年。這十年間存下的眼淚都爲老師一下子流出來了。

哭靜安師

一九二七年

海內大師誰稱首？
海寧王公馳名久。
樗材何幸列門牆？
昕夕親炙承相厚。
日月跳丸將一年，
心盲才絀枉鑽研。
猶冀長隨幸一得，
爭知此後竟無緣！

黄塵擾擾羽書急，
萬里朱殷天地泣。
勝朝遺老久傷心，
經此世變增於邑。
捐軀諸事早安排，
猶勤功課誨吾儕。
無知小子相猜度，
不關理亂故開懷。
一朝報道無踪跡，
家人弟子忙尋覓。

頤和園內得公死，
身首淋漓裹破席。
竟把昆明當汨羅，
長辭親友赴清波。
取義舍生欲得所，
不顧人間喚奈何。
湖畔新荷暢生意，
柳枝蘸水成深翠。
枝頭好鳥鳴鉤輈，
岸上有人獨酸鼻。

似此良師何處求？
山頹梁壞恨悠悠。
一自童時哭王父，
十年忍淚爲公流！

《惡之花》譯者序（一九四零年）（一）

爲信詩情具別腸（二），生平自戒弄詞章。
蜉蝣投火心徒熱（三），鶗鴂鳴春語不香（四）。
豈有鴻文傳鵬鳥（五）？羞將禿筆詠河梁（六）。
深知遍體無仙骨（七），敢與騷人競短長（八）？

嗜飲焉能不愛詩（九）？常將篇什當金巵（一〇）。
青霜西哲豪狂句（一一），醇酒先賢委宛詞（一二）。
夜浪激成滄海志（一三），秋風吹動故園思（一四）。
盲心未必兼盲目，蜂蝶猶尋吐蕊枝（一五）。

頻年格物歎偏枯（一六），偶譯佳詩只自娛。
不在文辭呆刻畫，要將神態活描摹（一七）。

移根漫惜踰淮橘〔一八〕，買櫝猶存入鄭珠〔一九〕。
莫作他人情緒讀，最傷心處見今吾〔二〇〕！

注釋

〔一〕《惡之花》爲法國近代象徵派詩歌創始人波德萊爾（一八二一——一八六七）的詩集。王力先生用舊詩體裁把它譯出，已由外國文學出版社出版。詩集中的大多數作品暴露了資本主義社會腐化墮落的現象。詩人之所以寫《惡之花》，是爲了「把善同美區分開，發掘惡中之美」。波德萊爾的詩，結構明晰，用字精練，格律整齊，音韻鏗鏘，富於想象，既有浪漫主義的主觀情調，又有現實主義的客觀反映。法國浪漫主義大師雨果贊揚《惡之花》像「光輝奪目的星星」，給法國詩歌帶來了「新的顫栗」。這篇譯者序，共有七律三首，它們是一個整體。第一首説自己不會寫詩，自戒不要寫詩；第二首説自己雖然不會寫詩，但是會欣賞好詩，中國詩、外國詩都愛看；第三首説明譯《惡之花》的原因、做法以及譯時的心情。

〔二〕具別腸，古人云：「詩有別腸。」意爲會寫文章的人不一定會寫詩。這兩句的大意是，詩是另有詩腸的人纔能寫得好的，所以我常常告誡自己不要寫詩。

〔三〕蜉蝣（fúyóu），昆蟲名，其成蟲的生存期極短。

〔四〕鶗鴂（tíjué），鳥名，也作鵜鴂，即子規、杜鵑。屈原在《離騷》中把讒臣比作鵜鴂：「恐鵜鴂之先鳴兮，使夫百草爲之不芳。」以上兩句是作者自謙之詞。意思是説，我雖然寫過詩，但是寫不好。就像「蜉蝣投火、鶗鴂鳴春」一樣，徒有一番熱情，也寫不出好詩來。

〔五〕鴻文，傑出的文章。◎鵩鳥，鳥名。賈誼爲長沙王傅三年，有鵩鳥飛入誼舍，止於坐隅。鵩鳥似鴞，被認爲不祥之鳥。誼因此傷悼，以爲壽不得長，於是作《鵩鳥賦》來安慰自己。

〔六〕秃筆，笨拙之筆。◎河梁，橋。《文選》李少卿《與蘇武詩》：「携手上河梁，遊子暮何之？」以上兩句是説，我的詩才遠不如賈誼、李陵，不會吟詩作賦。

〔七〕仙骨，比喻超出凡庸的人。

〔八〕騷人，屈原作《離騷》，後人因此稱詩人爲騷人。范仲淹《岳陽樓記》：「遷客騷人，多會於此。」這兩句是説，我深知自己並不是什麽超凡之人，怎麽敢與詩人們比高低呢？

〔九〕嗜飲，愛好飲酒。

〔一〇〕篇什，《詩經》的「雅」和「頌」以十篇爲一什，所以詩章又稱篇什。◎巵(zhī)，古代的一種盛酒器。以上兩句是説，喜歡飲酒的人怎能不喜歡詩？我時常把詩篇當做美酒來欣賞。

〔一一〕青霜，指寶劍。◎西哲，指西洋詩人。

〔一二〕醇酒，味道濃厚的美酒。◎先賢，指中國詩人。以上兩句大意是，西洋詩人多是豪放的，其詩像寶劍一樣鋒利；中國詩人多是温厚的，其詩委婉纏綿，像醇酒一樣甘美。

〔一三〕夜浪句，指西洋詩人愛遠遊。

〔一四〕秋風句，指中國詩人愛思鄉。晉張翰，吴人，客居洛陽，見秋風起，乃思吴中的蒓羹、鱸魚膾。

〔一五〕「盲心」兩句是王先生自況。意思是説，我雖寫不出好詩（盲心），但是我能欣賞好詩（不盲目）。我像蜂蝶喜歡花一樣喜歡詩。

〔一六〕頻年，連年。◎格物，指進行科學研究，這裏指研究語言學。◎偏枯，中醫學病名，也稱半枯、偏癱、半身不遂。這裏指研究了語言學，拋了文學。以下兩句是説，我多年研究語言科學拋了文學，常有偏枯之感，現在翻譯這部詩作，衹不過是爲了娛樂自己，並非爲了發表。

〔一七〕「不在」兩句是説，我翻譯這部詩作不採取字字比對的刻板的譯法，而是採用意譯，把詩意和詩味盡可能地表達出來。

〔一八〕漫惜，不要可惜。◎踰淮橘，語見《晏子春秋·雜下之十》：「橘生淮南則爲橘，生於淮北則爲枳，葉徒相似，其實味不同，所以然者何？水土異也。」枳（zhǐ）亦稱臭橘，果肉少而味酸，不能食用。

〔一九〕買櫝，見成語「買櫝還珠」。《韓非子·外儲説左上》：「楚人有賣其珠於鄭者，爲木蘭之櫃，熏以桂椒，綴以珠玉，飾以玫瑰，輯以羽翠，鄭人買其櫝而還其珠。」櫝，匣子。以上兩句的意思是，譯詩會不會失掉原意呢？不會的。因爲我不是直譯它的字句，而是譯出它的意境，所以，就不會像踰淮之橘，也不會買櫝還珠了。

〔二〇〕「莫作」兩句的大意是，請讀者不要把這些譯作單純地看成波德萊爾的情緒，其實經我譯出，也就有我自己的情緒在内。詩中最傷心的地方，也正是今天我的心境呢！

「惡之花」譯者序

一九四零年

爲信詩情具別腸，
生平自戒弄詞章。
蜉蝣投火心徒熱，
鶗鴂鳴春語不香。
豈有鴻文傳鵬鳥？
蓋將毛筆詠河梁。
深知逸體無仙骨，
敢與騷人競短長？

嗜飲焉能不愛詩？
常將篇什當金卮。
青霜西指豪狂句，
醇酒先賢委究詞。
夜浪激成滄海志，
秋風吹動故園思。
盲心未必蘇盲目，
蜂蝶猶尋吐蕊枝。
頻年格物致偏枯，

偶譯佳詩只自娛。
不在文辭呆刻畫，
要將神態活描摹。
移根漫惜逾淮橘，
買櫝猶存入鄭珠。
莫作他人情緒讀，
最傷心處見今吾！

無題（一九四五年六月）〔一〕

東海尚稽驅有扈〔二〕，北窗何計夢無懷〔三〕？
劇憐臣朔飢將死〔四〕，卻羨劉伶醉便埋〔五〕。
衮衮自甘迷鹿馬〔六〕，滔滔誰復問狼豺〔七〕？
書生漫詡澄清志〔八〕，六合而今萬里霾〔九〕！

注釋

〔一〕此詩寫於抗日戰爭的最後一年。其時王力先生在昆明西南聯合大學任教。詩中以深刻的寓意，揭露了某些人在日寇侵略面前苟且偷安的做法；表達了正直的知識分子對昏庸腐敗統治的憤懣；同時，也抒發了作者爲國家命運和前途而憂心的愛國熱忱。

〔二〕東海，泛指東方。◎稽（jī），停留，這裏指未能做到。◎有扈，我國古代國名，這裏借指日本。

〔三〕北窗，《晉書·陶潛傳》：「高卧北窗，自謂羲皇上人。」◎無懷，即無懷氏。陶潛《五柳先生傳》：「銜觴賦詩，以樂其志，無懷氏之民歟？葛天氏之民歟？」羲皇（即伏羲氏）和無懷氏都是傳説中的上古帝王，當時的人過着無憂無慮、安逸閑適的生活。以上兩句的大意是，日寇至今尚未趕出去，就休想過安逸的生活。

〔四〕劇憐，甚憐。◎臣朔，西漢文學家東方朔（前一五四—前九三），武帝時，爲太中大夫，性詼諧滑稽。◎飢將死，武帝初即位，舉賢授能。東方朔上書自薦，因文辭不遜，被封爲小官，俸禄微薄。一次，東方朔用謊言嚇唬掌馬官朱儒，説是武帝要殺掉他。武帝問東方朔爲什麽要嚇唬朱儒，東方朔回答：「朱儒長三尺餘，奉一囊粟，錢二百四十。臣朔長九尺餘，亦奉一囊粟，錢二百四十。朱儒飽欲死，臣朔飢欲死。」見《漢書·東方朔傳》。這裏借用此典，意在説明當時知識分子的窘迫處境。

〔五〕羨，羨慕。◎劉伶，西晉人，與阮籍、嵇康等被稱爲「竹林七賢」。劉伶容貌醜陋，喜歡飲酒。他常乘一鹿車，携一壺酒，讓侍從扛着鍤（即鍬）跟隨其後，並對隨者説，死便埋我。這句的大意是説，在這黑暗的年代，也許像劉伶這樣放情肆志纔能聊以自慰。

〔六〕衮衮（gǔngǔn），即衮衮諸公，指國民黨的衆多官員。◎迷，分辨不清。◎鹿馬，指鹿爲馬。《史記·秦始皇本紀》：「趙高欲爲亂，恐群臣不聽，乃先設驗，持鹿獻於二世，曰：『馬也。』二世笑曰：『丞相誤邪？謂鹿爲馬。』問左右，左右或默，或言馬以阿順趙高。」後用以比喻顛倒黑白，混淆是非。

〔七〕滔滔，指貪官污吏多。《論語·微子》：「滔滔者，天下皆是也，而誰以易之？」◎問狼豺，漢安帝時，張綱奉使循行風俗。綱埋其車輪，曰：「豺狼當路，安問狐狸！」某些官員，衹知在昏庸腐敗之中混日子，而且最大的官往往就是最貪的官。

〔八〕書生，讀書人，這裏指心懷救國的知識分子。◎詡（xǔ），説大話。◎澄清志，有志於政治改革。《後漢書·范滂傳》：「滂登車攬轡，慨然有澄清天下之志。」

〔九〕六合，指天地四方。李白《古風》詩：「秦皇掃六合，虎視何雄哉！」◎霾，陰霾。結尾兩句是説，現在烏雲滿天，我們這些知識分子徒然有澄清天下之志，還能有什麽辦法呢？

無題

一九四五年六月

東海尚稽驅有虐，
北窗何計夢無懷？
劇憐臣朔飢將死，
卻羨劉伶醉便埋。
袞袞自甘迷鹿馬，
滔滔誰復問狼豺？
書生漫詡澄清志，
六合而今萬里霾！

贈朱光（一九四九年十月）〔一〕

卅載暌違會面難〔二〕，今宵促膝話更闌〔三〕。
重逢直欲師相事〔四〕，豈止區區刮目看〔五〕！
群衆相依永不孤，謀群此外復何圖〔六〕？
從君學得新三省〔七〕，不滿今吾薄故吾〔八〕。
神州石破上天驚〔九〕，海内喁喁望治情〔一〇〕。
欲使全民追大禹〔一一〕，龍門能鑿水能平〔一二〕。

注釋

〔一〕朱光，廣西博白縣人，原中共廣州市委書記，廣州市市長。二十年代初，王力先生在博白家鄉的小學任教時，朱光曾長途跋涉來求學。這組詩，既抒發了師生之誼，同時也表達了王力先生期望祖國繁榮昌盛和决心改造自己、努力爲人民服務的感情。

〔二〕暌違，分離。

〔三〕促膝，膝與膝相接，坐得很近，指促膝談心。◎闌，盡，晚。指交談至夜深。

〔四〕師相事，以師禮相待（對朱光）。

〔五〕區區，僅僅。◎刮目看，刮目相待，以新的眼光看人。《三國志・吳書・吕蒙傳》裴松之注引《江表傳》：「士别三日，即更刮目相待。」以上兩句，表達了王先生對朱光作爲黨的負責人的敬重。

〔六〕謀群，爲群衆謀利益。◎復何圖，别無所求。

〔七〕新三省，用馬列主義檢查自己。語出自《論語・學而》：「曾子曰：『吾日三省吾身……』」

〔八〕不滿今吾，指不滿足自己的進步。◎薄故吾，指批評舊我。

〔九〕石破天驚，李賀《李憑箜篌引》詩：「女媧煉石補天處，石破天驚逗秋雨。」指箜篌的聲音高亢激越，出人意外。這裏比喻中華人民共和國的成立震驚中外。

〔一〇〕海内，四海之内，指全國。古代傳説我國疆土的四周有海環繞，故稱國境以内爲海内。◎喁喁（yóngyóng），衆人嚮慕，如群魚之口上嚮。《三國志・蜀書・諸葛亮傳》：「天下英雄，喁喁冀有所望。」◎望治情，期望把國家治理好。

〔一一〕大禹，我國古代領導人民治平洪水的領袖，夏代的建立者。他奉舜之命，治理洪水。領導人民疏通江河，引導入海，並興修溝渠，發展農業。在治水的十三年中，三過家門而不入。

〔一二〕龍門，在山西省河津縣西北，相傳爲夏禹所鑿。

贈朱光

一九四九年十月

卅載睽違會面難，
今宵促膝話更闌。
重逢直欲師相事，
豈止區區刮目看！
群衆相依永不孤，
謀群此外復何圖？
從君學得新三首，

不涵今吾薄故吾。
神州石破上天驚。
海內喁喁望治情。
欲使全民追大禹，
龍門能鑿水能平。

哭莘田（一九五九年）〔一〕

弱冠文章重士林〔二〕，晚歸平淡轉精湛〔三〕。
商量舊學窮新學〔四〕，剖析今音辨古音〔五〕。
共喜九州光燦爛，那堪八載病侵尋〔六〕！
語言學界同斯淚〔七〕，豈特區區愴痛深〔八〕！

注　釋

〔一〕莘田，我國著名語言學家羅常培（一八九九—一九五八），字莘田，滿族。他一生從事語言科學的教學和研究，對漢語音韻學和現代漢語方言研究都做出了很大的成就；對我國少數民族語言的調查研究，也做了不少開創性的工作。曾任中國科學院語言研究所所長。著有《厦門音系》《臨川音系》《唐五代西北方音》《漢語音韻學導論》等書及論文多篇。

〔二〕弱冠，古代男子二十歲行冠禮，故用以指男子二十歲左右的年齡。《禮記·曲禮上》：「二十曰弱，冠。」◎重士林，爲學術界所重視。

〔三〕平淡，指爲文不重言辭的修飾。◎精湛，學問精深。

〔四〕商量，商討，進行學術上的討論。◎舊學，指舊時我國學者所鑽研的義理、考據、詞章等學問。

〔五〕◎窮，研究。◎新學，指從外國傳入的文化。

今音和古音，從前音韻學者稱周秦兩漢的語音爲古音，隋唐宋的語音爲今音。現代音韻學者稱前者爲上古音，後者爲中古音，統稱古音。

〔六〕侵尋，漸進，這裏指病情擴展，惡化。

〔七〕斯，此。

〔八〕區區，自稱的謙詞。◎愴痛，悲痛。

哭莘田

一九五九年

弱冠文章重士林，
晚歸平淡轉精湛。
商量舊學窮新學，
剖析今音辨古音。
共喜九州光燦爛，
那堪八載病侵尋！
語言學界同斯淚，
豈特區區愴痛深！

詠緑珠（一九六一年）〔一〕

玉樓人杳笛聲沉〔二〕，空賸黄鸝囀好音〔三〕。
王母雙成原彩鳳〔四〕，侯門一入是籠禽〔五〕。
逞豪自有量珠輿〔六〕，促死曾無惜玉心〔七〕。
惆悵草荒梁女墓〔八〕，詩人取次動哀吟〔九〕。

《博白縣志》有詩云：「朝出緑蘿村，晚遊緑珠渡。日落白州城，草荒梁女墓。」

注釋

〔一〕緑珠，廣西白州（今博白）人，西晉石崇愛妾，貌甚美，善吹笛。趙王倫專權時，侍中中書監孫秀曾指名向崇索取，爲崇所拒。秀怒，乃勸倫矯詔殺之。緑珠墜樓自盡。傳説緑珠姓梁，今博白有緑珠江、緑珠井。

〔二〕玉樓，華麗的高樓。◎杳（yǎo），見不到踪影。◎沉，猶言消失。

〔三〕賸，「剩」的異體字。◎黄鸝，鳥名。◎好音，好聽的聲音。《詩經·魯頌·泮水》：「翩彼飛鴞，集于泮林。食我桑黮，懷我好音。」

〔四〕王母，指西王母，古代傳説中的神名。◎雙成，指西王母的侍女董雙成。◎彩鳳，比喻美女。

〔五〕侯門，舊指顯貴之家。崔郊《贈去婢》詩：「侯門一入深如海，從此蕭郎是路人。」◎籠禽，籠中之鳥。以上兩句是歎惜美女緑珠嫁入豪門，猶如鳥入牢籠。

〔六〕逞豪，炫耀富豪。◎量珠，《嶺表録異》：「緑珠井在白州雙角山下。昔梁氏之女有容貌，石季倫（即石崇）爲交趾採訪使，以真珠三斛買之。」◎興（xìng），興會，興致。

〔七〕促死，石崇在被殺前，先迫緑珠自殺。

〔八〕梁女，指緑珠。

〔九〕取次，挨次，次第。以上兩句是説，荒草叢中的梁女孤墳，牽動了多少人的情思，古往今來多少詩人也爲之哀吟。

詠綠珠

一九六一年

玉樓人杳笛聲沉。
空賸黃鸝囀好音。
王母雙成原彩鳳，
侯門一入是籠禽。
逞豪自有量珠興，
促死曾無惜玉心。
惆悵草荒梁女墓，
詩人敢次勁哀吟。

博白縣志有詩云：「朝出綠蘿村，晚遊綠珠渡。日落白州城，草荒梁女墓。」

六十三歲生日（一九六二年八月）〔一〕

六十三年轉眼過，無愁夫子意如何〔二〕？
新參真理心常泰〔三〕，老遇明時樂更多〔四〕。
且喜人生無疾病，何妨世路有風波？
心中留得春常在，永與青年共笑歌。

注釋

〔一〕這首詩表現了作者樂觀曠達、嚮往真理和永遠進取的生活態度。
〔二〕夫子，古時對男子的敬稱，這裏是作者自況。
〔三〕參，檢驗。這裏指探究真理。◎泰，泰然，安詳閑適。
〔四〕明時，政治清明的時代。

六十三歲生日

一九六二年八月

六十三年轉眼過，
無愁夫子意如何？
新參真理心常泰，
老遇明時樂更多。
且喜人生無疾病，
何妨世路有風波？
心中留得春常在，
永與青年共笑歌。

題黎劭西先生廿年紀事詩存（一九六三年）〔一〕

堪羡多情顧野王〔二〕，廿年詩史紀滄桑〔三〕。
駸駸駒隙經三世〔四〕，歷歷鴻泥遍四方〔五〕。
往事成塵無芥蔕〔六〕，前程似錦有輝光。
好憑老手生花筆〔七〕，細寫新天日月長〔八〕。

注釋

〔一〕黎錦熙（一八八九—一九七八），字劭西，我國著名語言學家，湖南湘潭人。曾任北京師範大學中文系主任、中國科學院哲學社會科學部委員等職務。他一生從事語言科學的研究和教學工作，對漢語語法研究頗有貢獻，在漢字改革和辭書編纂工作方面亦有成就。著有《新著國語文法》《比較文法》《國語運動史綱》《國語新文字論》等，主編辭書有《漢語辭典》等。

〔二〕顧野王，南北朝吳人，著字書《玉篇》。這裏指黎劭西，因爲黎是辭典學家，曾主編《漢語辭典》，故以顧野王相比。

〔三〕詩史，世稱杜甫的詩爲「詩史」。這裏用來稱贊黎氏。

〔四〕駸駸（qīnqīn），馬疾行貌。比喻時間迅速消失。◎駒隙，即白駒過隙。《莊子·知北遊》：「人生天地之間，若白駒之過郤(隙)，忽然而已。」也是比喻光陰流逝的迅速。◎三世，指經歷滿清、民國和解放後三個歷史時期。

〔五〕歷歷，分明可數的樣子。◎鴻泥，「雪泥鴻爪」的縮語，比喻往事遺留的痕迹。蘇軾《和子由澠池懷舊》詩：「人生到處知何似，應似飛鴻踏雪泥。泥上偶然留指爪，鴻飛那復計東西！」

〔六〕芥蒂，細小的梗塞物。後用以比喻在心裏的怨恨或不快。蘇軾《送路都曹》詩：「恨無乖崖老，一洗芥蒂胸。」這句的意思是，舊時遭遇的坎坷，都已經成爲往事消失了。

〔七〕生花筆，《開元天寶遺事》：「李太白少時，夢所用之筆頭上生花，後天才贍逸，名聞天下。」

〔八〕新天，指新的時代，新的國家。毛澤東《七律·到韶山》詩：「敢教日月換新天。」這句是説，黎氏今後可以寫歌頌新中國的詩了。

題黎劭西先生廿年紀事詩存

一九六三年

堪羨多情顧野王，廿年詩史紀滄桑。
駸駸駒隙經三世，歷歷鴻泥遍四方。
往事成塵無芥蒂，前程似錦有輝光。

好憑老手生花筆，
細寫新天日月長。

遊蘆笛巖（一九六三年八月）〔一〕

喜從地下得天宫，巖穴幽深曲徑通。
鐘乳雲根如柱壁〔二〕，碧文圓頂似房櫳〔三〕。
天教名勝妝新國，地以靈奇餉健翁〔四〕。
出洞漫嗟人境熱，披襟猶足接雄風〔五〕。

注　釋

〔一〕蘆笛巖，在廣西壯族自治區桂林市西北郊光明山，係一巨大石灰巖溶洞。因附近生長蘆草，用以做笛得名。洞内多各種奇特的鐘乳石，玲瓏剔透，壯麗神奇，有「大自然藝術宫」之稱。

〔二〕鐘乳，鐘乳石，溶洞中自洞頂下垂的一種碳酸鈣積澱物，與石笋相接形成石柱。◎雲根，指石。李咸用《石板歌》：「雲根劈裂雷斧痕。」

〔三〕碧文圓頂，原指青緑色花紋的圓頂羅帳，見李商隱《無題》詩：「鳳尾香羅薄幾重，碧文圓頂夜深縫。」◎房櫳，窗户，這裏指房子。這兩句是寫洞中的神奇景色。

〔四〕靈奇，指靈巖奇石。◎餉，贈送，賜給。◎健翁，作者自況。

〔五〕披襟，敞開胸懷。宋玉《風賦》：「有風飆然而至，王乃披襟而當之曰：『快哉此風。』」◎雄風，涼爽的風。柳永《竹馬子》詞：「對雌霓挂雨，雄風拂檻，微收殘暑。」這句詩，狀寫出洞時愉悦的心情。

遊蘆笛巖

一九六三年八月

喜從地下得天宮，
巖穴幽深曲徑通。
鐘乳雲根如柱壁，
碧文圖頂似房櫳。
天教石勝妝新國，
地以靈奇餉健翁。
出洞漫嗟人境熱，
披襟猶足接雄風。

讀陳毅副總理對中外記者談話有感（一九六五年十一月）〔一〕

豪言壯語最強音，道出神州六億心。
主義環球瞻北斗〔二〕，政權新國有南針。
聲波遠撼摩天廈〔三〕，心瓣遥呈椰樹林〔四〕。
努目低眉分敵我〔五〕，妖魔詛咒友朋欽〔六〕。

友誼千年綿亙長〔七〕，野心何事學強梁〔八〕！
兩條道路由君擇，九萬平方是我疆。
有理當知猶有節，能柔應識尚能剛〔九〕。
隻輪匹馬前車鑒〔一〇〕，黷武從無好下場〔一一〕。

生財自詡興家早〔一二〕，作態相憐創業難〔一三〕。

若不因人腸轆轆〔一四〕，何由使汝面團團〔一五〕？
泥塗此日翻身起〔一六〕，雲路他年刮目看〔一七〕。
世道滄桑應記取〔一八〕，嗟來莫漫捨三餐〔一九〕？

激情翹首望南天〔二〇〕，如此英雄如此堅！
赤幟迎風招義烈〔二一〕，紅河汲水洗腥羶〔二二〕。
亡秦豈止餘三户〔二三〕？ 反帝長宜站一邊。
行見鐵蹄清掃盡〔二四〕，晴空萬里淨烽煙。

怒吼共工觸不周〔二五〕，國魂叱咤喚神州〔二六〕。
焚心久積填膺憤，刺背深銘刻骨仇〔二七〕。
紅日一輪驅霧夜，青松六億鬬霜秋。
長蛇封豕終灰燼〔二八〕，樹幟昆侖最上頭〔二九〕！

注釋

〔一〕一九六五年九月二十九日，副總理兼外交部長陳毅在北京舉行了一次中外記者招待會，即席回答了各國記者提出的一系列有關國際和國内形勢的重大問題。陳毅同志堅定而靈活地貫徹我國外交路綫的坦蕩氣魄和高超水平，以及他作爲無産階級外交家特有的原則立場和直率風格，贏得了與會記者的普遍稱贊和欽佩。當時的國際新聞界，認爲陳毅同志舉行的這次記者招待會「轟動了世界」。王力先生這組詩，以飽滿的熱情，謳歌了各國人民的正義鬥爭和我國外交路綫的勝利。同時，也表達了他對陳毅同志由衷的敬佩之情。◎第一首，寫陳毅同志這次講話的意義和影響。◎第二首，寫中印邊界自衛反擊戰。◎第三首，批判超級大國稱霸。◎第四首，支持越南人民的抗美救國戰爭。◎第五首，歌頌全國人民同仇敵愾反抗侵略、保衛祖國的大無畏革命精神。

〔二〕主義，指馬列主義、毛澤東思想。

〔三〕聲波，指陳毅同志義正辭嚴、激昂慷慨的談話。◎摩天廈，即摩天樓，這裏指美國政府。

〔四〕心瓣，指一瓣心香。古人以拈香一瓣，表示對他人的虔誠。「心香」是佛教用語，意謂心中虔誠，如供佛的焚香。這裏是表示對反抗帝國主義侵略的亞非拉人民的真誠支持。◎椰樹林，泛指亞非拉的第三世界國家。

〔五〕努目低眉，何良俊《語林》：「薛道衡嘗遊鍾山開善寺，謂小僧曰：『金剛何爲努目？菩薩何爲低眉？』小僧答曰：『金剛努目，所以降伏四魔；菩薩低眉，所以慈悲六道。』」

〔六〕「妖魔」句，指陳毅同志的談話，遭到反動勢力的惡毒誹謗，受到革命人民的衷心贊揚。

〔七〕綿亙長，指中印兩國人民的友誼綿延長久。

〔八〕強梁，凶暴，強横。

〔九〕「有理」兩句，係指我國人民對擴張主義者進行的有理有節的鬥爭。

〔一〇〕隻輪匹馬，《公羊傳·僖公三十三年》：秦伯出兵攻打鄭國，在殽地被晉人及姜戎擊敗，「匹馬隻輪無反者」。意爲被徹底打敗，連一匹馬、一個車輪子都回不去。

〔一一〕黷武，好戰，濫用武力。

〔一二〕自詡，自我吹嘘。◎興家，發家，這裏指國富。

〔一三〕作態，故作姿態。以上兩句的意思是，超級大國以發達國家自居，假裝同情和支持第三世界國家。

〔一四〕腸轆轆，飢餓時腹部發出聲響，意爲貧困。

〔一五〕汝，你，你們。◎團團，圓貌。面團團表示肥胖。這兩句説明帝國主義者是靠奴役、掠奪第三世界國家的人民而發家的。

〔一六〕泥塗，泥濘的道路。比喻殖民地。◎翻身，比喻殖民地獨立。

〔一七〕雲路，比喻前途。◎刮目看，見一一五頁《贈朱光》注五。這兩句是説，今天殖民地人民翻了身，將來成爲發達國家，你們就會刮目相待了吧！

〔一八〕滄桑，「滄海桑田」的縮語，比喻世事變遷很大。這裏是指第三世界國家將來會由窮變富。

〔一九〕嗟來，即嗟來之食。《禮記·檀弓下》：「齊大饑，黔敖爲食於路，以待餓者而食之。有餓者，蒙袂輯屨，貿貿然來。黔敖左奉食，右執飲，曰：『嗟！來食！』揚其目而視之，曰：『予唯不食嗟來之食，以至於斯也！』從而謝焉，終不食而死。」後因以「嗟來之食」表示帶有侮辱性的施捨。◎莫漫，別，不要。這句詩的意思是，第三世界國家的人民不需要超級大國的施捨。

〔二〇〕南天，南方，這裏指越南人民。

〔二一〕義烈，義士和烈士（壯士），指抗美的戰士。

〔二二〕紅河，源出我國云南省西部，經河口以南進入越南，稱紅河，流經越南首都河内，分支注入北部灣。◎汲（jí）水，引水。◎腥羶（shān），羊肉的腥臊味，藉以比喻美帝國主義對越南的侵略。

〔二三〕亡秦，語見《史記·項羽本紀》，秦滅楚後，楚將項梁、項羽起兵反秦。范增往説項梁時，引了楚南公這句話：「楚雖三户，亡秦必楚。」意爲楚國即便剩下三户人家，也要滅亡秦國，表示了與秦戰鬥到底的決心。這句詩是説，不祇越南人民在堅持正義鬥爭，還有反帝的中國人民和他們站在一起，一定能打敗帝國主義。

〔二四〕鐵蹄，美帝國主義侵略的鐵蹄。

〔二五〕共（gōng）工，我國古代神話人物。據《淮南子·天文訓》：「昔者共工與顓頊（zhuānxū）爭爲帝，怒而觸不周之山，天柱折，地維絶。天傾西北，故日月星辰移焉；地不滿東南，故水潦塵埃歸焉。」共工是勝利的英雄。◎不周，不周山，古代傳説中的山名。這句詩把共工比喻爲中國人民的英雄形象。

〔二六〕國魂，國家的靈魂，指中華民族的精神。◎叱咤（chìzhà），怒吼聲。◎唤神州，指共産黨把中國人民唤醒。

〔二七〕刺背，岳飛小時候，他母親在他的背上刺了「精忠報國」四個字。以上兩句是説，帝國主義者長期以來對我國所犯下的侵略罪行，激起了中國人民的滿腔義憤，深仇大恨永遠銘刻在心中。

〔二八〕長蛇封豕（shǐ），即長蛇大猪。《左傳·定公四年》：「吴爲封豕長蛇，以薦食上國。」這裏指侵略者。

〔二九〕幟，勝利的旗幟。

讀陳毅副總理對中外記者談話有感

一九六五年十一月

豪言壯語最強音、
道出神州六億心。
主義環球瞻北斗、
政權新國有南針。
聲波遠撼摩天廈、
心瓣遙呈椰樹林。
努目低眉分敵我、

妖魔詛咒友朋欽。
友誼千年綿亙長。
野心何事学強梁！
兩條道路由君擇，
九萬平方是我疆。
有理當知猶有節，
能柔應識尚能剛。
隻輪匹馬前車鑒，
黷武從無好下場。

生財自詡興家早，
作態相憐創業難。
若不困人腸轆轆，
何由使汝面團團？
泥塗此日翻身起，
雲路他年刮目看。
世道滄桑應記取，
嗟來莫漫捨三餐，
激情翹首望南天，

如此英雄如此堅！
赤幟迎風招義烈，
紅河汲水洗腥羶。
亡秦豈止餘三户？
反帝長宜站一邊。
行見鐵蹄清掃盡，
晴空萬里净烽烟。

怒吼共工觸不周，
國魂叱咤唤神州。

焚心久積填膺憤，
刺骨深銘刻骨仇。
紅日一輪驅霧夜，
青松六億鬪霜秋。
長蛇封豕終灰燼，
樹幟昆侖最上頭！

贈緝平（一九七三年）〔一〕

十載重逢意盎然〔二〕，不知身老視兒年〔三〕。
古稀且喜人猶健，鍛煉能教志更堅。
四海咸遵馬列理〔四〕，九州共樂舜堯天〔五〕。
示兒叮囑無多語，無限忠誠共勉旃〔六〕。

注釋

〔一〕緝平，王力先生之子，時爲廣西醫學院副教授，共産黨員。
〔二〕意盎然，春意盎然，意爲心中充滿歡樂。
〔三〕「不知」句，這句是説，平常自己不覺得年老，現在看見兒子已經五十多歲了，纔意識到自己已經很老了。
〔四〕咸，都，皆。
〔五〕舜堯天，比喻理想中的太平盛世。以上兩句，曲折地表達了作者這樣的心情：儘管當時處於十年内亂，但是，經過鍛煉和考驗的中國人民，一定會堅持真正的馬列主義，創造光明美好的未來。
〔六〕共勉，互相勉勵。◎旃（zhān），語助詞，「之焉」的合音。

贈緝平

一九七三年

十載重逢意盎然，
不知身老視兒年。
古稀且喜人猶健，
鍛煉能教志更堅。
四海咸遵馬列理，
九州共樂舜堯天。
示兒叮囑無多語，
無限忠誠共勉旃。

贈緝惠（一九七四年八月）〔一〕

雨露陽光感受深〔二〕，蒼茫大地主浮沉〔三〕。
排山倒海千重浪，俯首横眉一片心〔四〕。
欲上雲霄攬日月，嘗懷世界入胸襟。
終生願學愚公志，箕畚移山達漢陰〔五〕。

注　釋

〔一〕緝惠，王力先生的女兒，時爲人民教育出版社編輯，共産黨員。這首詩是作者自勉，也是勉勵女兒之作。它表達了作者胸懷遠大目標、不畏艱難險阻的高尚品格。

〔二〕「雨露」句，這句是説，緝惠受黨的培養，成爲共産黨員。

〔三〕主浮沉，毛澤東《沁園春·長沙》詞：「問蒼茫大地，誰主沉浮？」這句意思是説，共産黨主宰大地的浮沉。

〔四〕俯首横眉，魯迅《自嘲》詩：「横眉冷對千夫指，俯首甘爲孺子牛。」以上兩句是説，在艱難曲折的道路上，不管發生多麽複雜的情況，出現多大的風浪，都要保持鮮明的愛憎立場，堅定地相信黨。

〔五〕 箕畚（jīběn），《列子·湯問》：「遂率子孫荷擔者三夫，叩石墾壤，箕畚運於渤海之尾。」◎漢陰，《列子·湯問》：「吾與汝畢力平險，指通豫南，達於漢陰。」結尾兩句大意是，要學習愚公移山的精神，戰勝前進道路上的艱難險阻，就能達到理想的目標。

贈緝思

一九七四年八月

雨露陽光感受深，
蒼茫大地主浮沉。
排山倒海千重浪，
俯首橫眉一片心。
欲上雲霄攬日月，
當懷世界入胸襟。
終生願學愚公志，
莫爲移山達保陰。

悼念周總理（一九七六年）

好憑青史紀豐功〔一〕，爲國宣勞勛業隆〔二〕。
擊水三千翻碧海〔三〕，負天九萬上蒼穹。
一生出入風雲裏，百世銘垂宇宙中〔四〕。
大地灑灰名不朽，寰球卅億仰崑嵩〔五〕。

注　釋

〔一〕青史，史書。古代在竹簡上記事，竹簡經殺青後方能用於書寫，因稱史書爲「青史」。

〔二〕宣勞，效勞。◎隆，多，大。

〔三〕擊水三千，《莊子・逍遥遊》：「鵬之徙於南冥也，水擊三千里，摶扶摇而上者九萬里。」以下兩句以鯤鵬展翅擊水爲喻，贊頌周總理爲共産主義事業所進行的波瀾壯闊的鬥爭和創立的豐功偉績。

〔四〕銘垂，立碑刻銘，留傳後世。

〔五〕崑，崑侖山。◎嵩（sōng），嵩山，五岳之一，在河南省登封縣北。

悼念周總理

一九七六年

好還青史紀豐功，為國宣勞勛業隆。擊水三千翻碧海，負天九萬上蒼穹。一生出入風雲裏，百世銘垂宇宙中。大地灑交名不朽，寰球卅億仰崑嵩。

悼念毛主席（一九七六年九月）

神州八億共悲傷，淚灑崇階白玉堂〔一〕。
霖雨滋苗天比大〔二〕，明燈指路日同光。
輝煌思想垂千古，浩蕩恩情洽萬方〔三〕。
遺志必承書必讀，雄文四卷放光芒。

注　釋

〔一〕崇階，高臺階。◎白玉堂，高貴華麗的殿堂。這句指億萬群衆前往人民大會堂瞻仰毛主席遺容。
〔二〕霖雨，久旱時所需的大雨。
〔三〕浩蕩，廣闊，博大。◎洽，浸潤。

悼念毛主席

一九七六年九月

神州八億共悲傷，
淚灑崇階白玉堂。
霖雨滋苗天比大，
明燈指路日同光。
輝煌思想垂千古，
浩蕩恩情洽萬方。
遺志必承書必讀，
雄文四卷放光芒。

粉碎「四人幫」（一九七六年十月）

海内欣聞除四凶〔一〕，歡騰巷陌舞東風〔二〕。
千鈞巧運迴天力〔三〕，萬衆齊歌蕩寇功。
鋤草喜看禾更茂，傳薪行見火彌紅〔四〕。
烏雲掃盡群情奮，展翅鯤鵬國運隆〔五〕。

注釋

〔一〕海内，四海之内。古代傳説我國疆土的四周有海環繞，故稱國境之内爲海内。

〔二〕巷陌，大街小巷。

〔三〕千鈞，古代以三十斤爲一鈞。千鈞，極言其重。

〔四〕傳薪，語見《莊子·養生主》：「指窮於爲薪，火傳也，不知其盡也。」薪，柴火。柴雖燒盡，火種仍可留傳。◎彌紅，更紅。

〔五〕隆，興隆。

粉碎「四人幫」

一九七六年十月

海內欣聞除四凶，
歡騰巷陌舞東風。
千鈞巧運回天力，
萬衆齊歌蕩寇功。
鋤草喜看禾更茂，
傳薪行見火彌紅。
烏雲掃盡群情奮，
展翅鯤鵬國運隆。

周總理逝世一周年感賦(一九七七年)〔一〕

英雄碑下吊英雄，敬獻英雄萬朵紅。
仰望冬雲悲遠逝〔二〕，萬民揮淚向西風〔三〕。

臘月寒風路兩邊，靈車過處淚如泉。
願身化作凌雲鶴，護送英魂上九天〔三〕。

遺愛緜緜萬古存〔四〕，平妖今日慰忠魂。
他年祖國臻強盛〔五〕，更向靈前酹一樽〔六〕。

注釋

〔一〕遠逝，永遠離開。
〔二〕向西風，周總理遺體送八寶山火化，靈車自東向西行駛；又以冬季颳西北風，故稱。

〔三〕九天，古人傳説天有九重，極言其高。

〔四〕緜緜，連緜不斷。

〔五〕臻，達到。

〔六〕酹（lèi），澆酒於地拜祭。◎樽，古代盛酒器，這裏指酒杯。

周總理逝世一周年感賦

一九七七年

英雄碑下弔英雄，
敬獻英雄萬朵紅。
仰望冬雲悲遠逝，
萬民揮淚向西風。

臘月寒風路兩邊，
靈車過處淚如泉。
願身化作陵雲鶴，

護送英魂上九天。
遺愛綿綿萬古存。
平妖今日慰忠魂，
他年祖國臻強盛，
更向靈前酹一樽。

春日未名湖散步（一九七七年）〔一〕

明湖冰已化〔二〕，芳草綠初勻〔三〕。
風捲波紋細〔四〕，春催柳色新。
艱難黄卷業〔五〕，寂寞白頭人。
惆悵桑榆晚〔六〕，蹉跎惜此身〔七〕。

注　釋

〔一〕未名湖，在北京大學校園内。湖畔有水塔、垂柳，湖心有石舫、亭榭，景色十分優美。

〔二〕明湖，言湖水潔静、澄碧。

〔三〕綠初勻，湖畔遍地初生綠草。

〔四〕波紋細，水紋細密，如風捲而成。

〔五〕黄卷業，指教學和著述。黄卷，書籍。古代書籍用黄紙繕寫，寫錯可用雌黄涂改，又能防蠹，故稱黄卷。

〔六〕桑榆，比喻晚年。曹植《贈白馬王彪》詩：「年在桑榆間，影響不能追。」這句是歎息自己已到晚年。

〔七〕蹉跎，時間白白過去，光陰虚度。

春日未名湖散步

一九七七年

明湖冰已化，
芳草綠初勻。
風捲波紋細，
春依柳色新。
艱難黃卷業，
寂寞白頭人。
惆悵桑榆晚，
蹉跎惜此身。

飛行（一九七七年）〔一〕

不乘黃鶴已淩空〔二〕，未服丹砂亦御風〔三〕。
盪漾舟行雲海上，扶摇身入碧霄中〔四〕。
從知濁世塵能避〔五〕，始信銀河路可通〔六〕。
舉目忽驚天地窄，縱横宇宙任西東。

注釋

〔一〕在經歷了十年動亂之後，王先生於一九七七年第一次南遊，到了廣州和南寧。這首詩是由南寧返京途中，在飛機上作的。詩中表現了作者豪放的心情。

〔二〕黃鶴，神話傳説中仙人所乘的鶴。唐詩人崔顥《黃鶴樓》詩：「昔人已乘黃鶴去，此地空餘黃鶴樓。」

〔三〕丹砂，即朱砂、辰砂。古代道家煉藥多用朱砂，放於爐火中燒煉，便爲靈丹妙藥。舊稱服此可以長生不老，成仙飛升。

〔四〕扶摇，急劇盤旋而上的暴風。形容自下而上。李白《上李邕》詩：「大鵬一日同風起，扶摇直上九萬里。」

〔五〕濁世，渾濁之世。這裏指人世。

〔六〕銀河，又名天河，由許多恒星所組成。

飛行

一九七七年

不乘黄鶴已凌空，
未服丹砂亦御風。
漫羡舟行雲海上，
扶摇身入碧霄中。
從知濁世塵能避，
始信銀河路可通。
舉目忽驚天地窄，
縱横宇宙任西東。

《同源字典》寫成（一九七八年六月）〔一〕

望八衰翁老蠹魚〔二〕，硯田辛苦事耕鋤〔三〕。
畚箕王屋曾平險〔四〕，風雨蘭陵自著書〔五〕。
説解撰成思叔重〔六〕，凡將寫出念相如〔七〕。
漫嘲敝帚千金享〔八〕，四載功成樂有餘。

注釋

〔一〕《同源字典》是王力先生根據音義相同或相近的原則，考察和研究漢語詞彙的内在聯繫和語源關係而寫成的一部著作。它的出版，對於漢語史和漢語詞彙學的研究、詞典的編纂，都有重要的意義。該書的寫作於一九七八年完成。

〔二〕望八，將近八十歲。◎蠹（dù）魚，蛀蝕書籍、衣服等物的小蟲。這是作者自況，意爲啃書本的人。

〔三〕硯田，舊時讀書人以文墨爲生計，因將硯臺比作田地。戴復古《寄王溪林逢吉》詩：「以文爲業硯爲田。」此句意爲辛勤著述。

〔四〕畚箕（běnjī），盛器，用以承物。◎王屋，王屋山。這句是説，愚公以畚箕挑土，鏟平王屋山。比喻從事研究和創作的艱難，表示自己不爲困難嚇倒的決心。

〔五〕風雨，凄風苦雨。比喻境遇的艱險、多變。◎蘭陵，荀子老年家居蘭陵，著書數萬言。《同源字典》的寫作，開始於一九七四年。其時，正是「四害」横行，王力先生在遭受批鬥之後，被強令和學生一起去工廠搞「開門辦學」。該書就是王先生利用每星期六晚上回家的時間，瞞着外人關起門來寫作的。這句詩的大意是，雖然處境十分險惡，但我還是關起門來寫我的書。

〔六〕説解，指《説文解字》。這是我國第一部系統分析字形和考究字源的字書。東漢經學家許慎撰。◎叔重，許慎字叔重。王力先生的《同源字典》就是在深入研究和批判地繼承《説文解字》的基礎上寫成的，故言思叔重。

〔七〕凡將，西漢辭賦家司馬相如著《凡將篇》，這是古代的一部字書，今佚。

〔八〕漫嘲，不要嘲笑。◎敝帚千金，把自己並不好的東西當成寶貝。曹丕《典論·論文》：「夫人……各以所長，相輕所短。里語曰：『家有敝帚，享之千金。』此不自見之患也。」結尾兩句的大意是，請不要譏笑我把自己寫的東西當成寶貝，因爲它是經過四年的辛勤耕耘寫成的。因此，我自然感到無比的歡樂。

「同源字典」寫成

一九七八年六月

望八衰翁老蠹魚，
硯田辛苦事耕鋤。
畚箕王屋曾平險，
風雨蘭陵自著書。
說解撰成思叔重，
凡將寫出念相如。
漫嘲敝帚千金享，
四載功成樂有餘。

登長城最高處（一九七八年夏）〔一〕

老翁忽發少年狂，要把長城好漢當〔二〕。
歷井捫參驚碧眼〔三〕，拏雲挹翠俯高岡〔四〕。
秦皇雄略留牆堞〔五〕，李廣威名震朔方〔六〕。
當代更多檀道濟〔七〕，邊防今有健兒郎。

注釋

〔一〕這首詩，展示了作者「老驥伏櫪」、意氣風發的精神世界和熱愛祖國的深厚感情。

〔二〕長城好漢，毛澤東《清平樂・六盤山》詞：「不到長城非好漢。」

〔三〕歷，越過。◎捫（mén），撫摸。◎井、參（shēn），均爲星名，屬二十八宿。李白《蜀道難》詩：「捫參歷井仰脅息。」◎碧眼，緑眼珠，指外國人。王先生登長城時，遇一秘魯科學家，年六十二，見先生拾級攀登，問年以爲奇，爲先生拍照，留作紀念。

〔四〕拏（ná），「拿」的異體字。◎挹（yì），牽引。◎翠，青緑色，指藍天。以上兩句大意是，我登上了長城最高處，伸手可以摸到天上的星星，外國朋友看到我這樣的高齡，不禁也感到驚歎。

〔五〕秦皇，秦始皇。◎雄略，雄才大略。◎堞（dié），城上如齒狀的矮牆。

〔六〕李廣，西漢名將，文帝時，參加反擊匈奴貴族攻掠的戰爭，先後作戰大小七十多次，以勇敢善戰著稱，匈奴數年不敢攻擾，稱之爲「飛將軍」。◎朔方，漢郡名，其地在今蒙古境内。這裏泛指長城以北的地區。

〔七〕檀道濟，南朝宋時人。伐北魏，屢立戰功，威名甚震，封司空。檀道濟自比萬里長城（見《宋書·檀道濟傳》）。這裏借喻邊防將士。

登長城最高處

一九七八年夏

老翁忽發少年狂，
要把長城好漢當。
歷井捫參驚碧眼，
拏雲挹翠俯高岡。
秦皇雄略留牆堞，
李廣威名震朔方。
歷代更多檀道濟，
邊防今有健兒郎。

毛主席逝世兩周年（一九七八年）

長辭忽忽兩周年〔一〕，繼業承先有大賢。
每覩遺容心仰嶽〔二〕，常懷明訓日經天〔三〕。
緜蠻好鳥歌兼舞〔四〕，爛漫紅花艷更鮮。
待到神州臻四化，功酬群傑畫凌煙〔五〕。

注釋

〔一〕忽忽，迅速。歐陽修《寄内》詩：「但知貧賤安，不覺歲月忽。」

〔二〕覩（dǔ），同「睹」。◎嶽（yuè），同「岳」，高大的山。《詩經・小雅・車舝》：「高山仰止，景行行止。」

〔三〕「常懷」句，這句意思是，毛澤東思想有如日月經天，江河行地。毛澤東同志的教導，我們要永遠銘刻在心。

〔四〕緜（mián）蠻，鳥聲。《詩經・小雅・緜蠻》：「緜蠻黄鳥，止于丘隅。」此二句形容粉碎「四人幫」之後、特别是黨的十一届三中全會後出現的大好形勢。

〔五〕酬，報答。◎群傑，指老一輩無産階級革命家。◎畫凌煙，唐太宗貞觀十七年（六四三），圖畫開國功臣二十四人於凌煙閣，以爲紀念。閣在當時的長安。

毛主席逝世兩周年

一九七八年

長辭忽忽兩周年，
繼業承先有大賢。
每覩遺容心仰嶽，
常懷明訓日經天。
繁響好鳥歌堯舜，
爛漫紅花艷更鮮。
待到神州臻四化，
功酬群傑畫凌煙。

懷陳毅同志（一九七八年）

陰霾掃盡又晴天，捷報飛來當紙錢〔一〕。
孟崮紅旗蓋天地〔二〕，金陵王氣化雲煙〔三〕。
桓桓武略追飛將〔四〕，浩浩詩才賽謫仙〔五〕。
留得炎炎詩論在〔六〕，幾回盥手誦濤箋〔七〕。

注釋

〔一〕紙錢，舊俗祭祀時燒化給死人當錢用的紙錠之類。一九三六年，陳毅同志在南方領導遊擊戰爭時，曾寫下「南國烽煙正十年，此頭須向國門懸。後死諸君多努力，捷報飛來當紙錢」（《梅嶺三章》之二）的豪邁詩篇。王力先生巧妙借用陳毅同志詩句，用以形容粉碎「四人幫」後的大好形勢，並表達了對陳毅同志的懷念之情。

〔二〕孟崮，孟良崮，在山東蒙陽東南。一九四七年五月，陳毅同志指揮的華東野戰軍，在孟良崮山區全部殲滅了國民黨整編第七十四師。

〔三〕金陵，南京市的別稱，曾是國民黨政府統治的中心。◎王氣，王朝的氣運。◎化雲煙，煙消雲散。喻國民黨的統治土崩瓦解。

〔四〕桓桓，威武的樣子。杜甫《北征》詩：「桓桓陳將軍，仗鉞奮忠烈。」◎武略，指傑出的軍事才能。◎飛將，指漢之飛將軍李廣。王昌齡《出塞》詩：「但使龍城飛將在，不教胡馬度陰山。」

〔五〕浩浩，廣大。◎謫仙，指唐代大詩人李白。《新唐書·李白傳》：「白亦至長安。往見賀知章。知章見其文，歎曰：『子，謫仙人也！』」

〔六〕炎炎，指言論有氣魄，引申爲見解精辟。《莊子·齊物論》：「大言炎炎。」◎詩論，關於詩歌的理論。一九六五年十一月，陳毅同志給王力先生寫信，闡述了關於詩歌改革的主張。

〔七〕幾回，好幾次，反復多次。◎盥手，洗手。讀陳毅同志的信先洗手，然後捧讀，表示尊敬。◎濤箋，唐代女才子薛濤自製深紅小彩箋，世稱薛濤箋。這裏指陳毅同志給王力先生談詩的信。

懷陳毅同志

一九七八年

陰霾掃盡又晴天，
捷報飛來當紙錢。
五嶺紅旗蓋天地，
金陵王氣化雲烟。
桓桓武略追飛將，
浩浩詩才賽謫仙。
留得炎炎詩論在，
幾回盥手誦濤箋。

古潛山油田（一九七八年十月）〔一〕

冀中坳陷古潛山〔二〕，沉睡於今億兆年〔三〕。
鑽鋭深穿十八地〔四〕，塔高直指卅三天〔五〕。
百龍注水千尋入〔六〕，一管輸油萬里連。
八億神州窮則變〔七〕，揚眉吐氣頌新田。

注　釋

〔一〕古潛山油田即任邱油田，位於華北平原北部。它的石油儲藏在地下三千多米深處的古潛山縫洞中，所以又叫冀中古潛山油田。該油田於一九七六年七月全面開發，年産一千萬噸，僅次於大慶油田和勝利油田，居全國第三位。

〔二〕坳陷，窪下的地方。

〔三〕億兆，數目，極言其多。萬萬爲億，萬億爲兆。

〔四〕十八地，十八層地獄。宗教迷信説人生時爲惡，死後當墮入十八層地獄。這裏用以形容地層之深。

〔五〕塔，鑽塔。◎卅三天，梵語「忉（dāo）利天」，譯作三十三天，後用以極言其高。

〔六〕百龍注水，用水龍頭往井下灌水，加大油井壓力，使石油噴出。百龍形容噴頭之多。◎尋，古長度單位，八尺爲一尋。千尋形容井深。

〔七〕窮則變，《周易·繫辭下》：「易窮則變，變則通，通則久。」這裏説，有了許多油田，我國將由窮變富了。

古潛山油田

一九七八年十月

冀中坳陷古潛山，
沉睡於今億兆年。
鑽鋭深穿十八地，
塔高直指卅三天。
百龍注水千尋入，
一管輸油萬里遥。
八億神州窮則變，
揚眉吐氣頌新田。

女子鑽井隊（一九七八年十月）

戰隨金鼓陣雲深〔一〕，不讓鬚眉報國心〔二〕。
煉石補天何足數〔三〕？穿山取寶有神針〔四〕。

注釋

〔一〕金鼓，金屬的樂器和鼓，古代作戰時用以助軍威，壯聲勢。◎陣雲深，陣雲密布。形容戰鬥氣氛激烈。

〔二〕鬚眉，古時男子以鬚眉稠秀爲美，因以鬚眉代稱男子。

〔三〕煉石補天，王充《論衡・談天》：「女媧銷煉五色石以補蒼天，斷鰲足以立四極。」

〔四〕神針，指鑽機的鑽頭。

女子鑽井隊

一九七八年十月

戰隨金鼓陣雲深，
不讓鬚眉報國心。
煉石補天何足數？
穿山取寶有神針。

五屆政協會議感賦（一九七八年）〔一〕

四害横行受折磨，暮年伏櫪意如何〔二〕？
心紅不怕朱顔改〔三〕，志壯何妨白髮多！
明月九天狂李白〔四〕，鐵弓七札老廉頗〔五〕。
相期報國爭朝夕〔六〕，高舉紅旗唱凱歌。

注釋

〔一〕指一九七八年二月二十四日在北京召開的五屆政協第一次會議。

〔二〕暮年，晚年，老年。◎伏櫪，曹操《龜雖壽》詩：「老驥伏櫪，志在千里。」此句意爲人雖年邁，但壯志猶存。

〔三〕朱顔，指青春壯健的臉色。南唐李煜《虞美人》詞：「雕闌玉砌應猶在，衹是朱顔改。」

〔四〕明月九天，李白《宣州謝朓樓餞别校書叔云》詩：「俱懷逸興壯思飛，欲上青天攬明月。」這裏托寫李白，意在抒發作者自己的壯志豪情。

〔五〕鐵弓，指鐵胎弓。◎札，鎧甲上的鐵片。《左傳·成公十六年》：「潘尫之黨與養由基蹲甲而射之，徹（穿透）七札焉。」◎廉頗，戰國時趙名將。《史記·廉頗列傳》：「趙王使使者視廉頗尚可用否。趙使者既見廉頗，廉頗爲之一飯斗米，肉十斤，被甲上馬，以示尚可用。趙使還報趙王曰：『廉將軍雖老，尚善飯，然與臣坐，頃之，三遺矢矣。』趙王以爲老，遂不召。」此句以養由基與廉頗並舉，意同上句。

〔六〕　相期，互相期望。

五屆政協會議感賦

一九七八年

四害橫行受折磨，
暮年伏櫪意如何？
心紅不怕朱顏改，
志壯何妨白髮多！
明月九天推李白，
鐵弓七札老廉頗。
相期祖國争朝夕，
高舉紅旗唱凱歌。

廣西壯族自治區成立二十周年（一九七八年十二月）

共慶輝煌二十年，人民今不羡神仙。
千秋事業憑鐮斧〔一〕，兆庶謳歌入管弦〔二〕。
喜見桂林添秀氣，好將壯錦繡新天〔三〕。
邁開四化長征步，萬水千山付一肩〔四〕。

注　釋

〔一〕鐮斧，鐮刀、斧頭是黨旗的標志，意爲黨的領導。
〔二〕兆庶，億萬群衆。◎謳歌，歌頌，贊美。◎管弦，管樂器和弦樂器，也泛指音樂。
〔三〕壯錦，廣西壯族婦女用手工編織的錦，經綫一般用白色棉紗，緯綫用彩色絲絨。
〔四〕萬水千山，指新長征。毛澤東《七律·長征》詩：「紅軍不怕遠征難，萬水千山衹等閑。」◎付一肩，指挑起新長征的重擔。

廣西壯族自治區成立二十周年

一九七八年十二月

共慶輝煌二十年，
人民今不羨神仙。
千秋事業憑鐮斧，
兆庶謳歌入管絃。
喜見桂林添秀氣，
好將壯錦繡新天。

遥聞四化長征步，
萬水千山付一肩。

北京大學建校八十周年紀念（一九七九年）〔一〕

八十年華事業長〔二〕，功垂「五四」有輝光〔三〕。
琢磨玉石成珪璧〔四〕，培植楩楠作棟梁〔五〕。
振鐸勤宣馬列理〔六〕，勒銘永記澤東堂〔七〕。
春天大好東風勁，共祝鵬程進壽觴〔八〕。

注釋

〔一〕北京大學於一八九八年創立，前身是京師大學堂，一九一二年改爲今名。

〔二〕年華，年歲，時光。

〔三〕垂，留傳。

〔四〕琢磨，製玉器時的精細加工。◎珪璧，珪和璧均爲古玉器名，也用來比喻美好的品德。《詩經·衛風·淇奥》：「有匪君子，如金如錫，如圭如璧。」

〔五〕楩（pián）、楠（nán），都是常緑喬木，建築良材。《墨子·公輸》：「荆有長松、文梓、楩、楠、豫章。」

〔六〕振鐸，古代宣布政教法令時，摇鈴以警衆。鐸，有舌的大鈴。《論語·八佾》：「天將以夫子爲木鐸。」這裏指積極宣傳馬列主義、毛澤東思想。

〔七〕勒銘，即勒石，把記功的銘文刻在石碑上。◎澤東堂，北京大學紅樓有毛澤東同志紀念室。

〔八〕進，獻。◎觴（shāng），盛酒器。這裏指獻上美酒。

北京大學建校八十周年紀念

一九七九年

八十年華事業長，
功垂「五四」有輝光。
琢磨玉石成珪璧，
培植楩楠作棟樑。
振鐸勤宣馬列理，
勒銘永記澤東堂。

春天々好東風動，
共祝鵬程進壽觴。

歡呼全國人大、全國政協召開（一九七九年）〔一〕

東風送暖又春回，更值人民盛會開。
喚起雄心花共發，迎將喜訊雁同來。
滔滔麥浪離離黍〔二〕，滾滾鋼流磊磊煤〔三〕。
二十四年完四化，飛觴傳盞醉千杯〔四〕！

注釋

〔一〕指五屆人大二次會議和五屆政協二次會議。這兩個會議於一九七九年六月在北京召開。五屆人大二次會議制定了把全國工作的着重點轉移到社會主義現代化建設上來的方針。這是一個偉大的歷史性轉變。五屆人大二次會議和五屆政協二次會議的召開，反映了我國階級關係的新變化和安定團結的政治局面的新發展。

〔二〕離離，繁茂的樣子。《詩經·王風·黍離》：「彼黍離離。」◎黍（shǔ），亦稱黍子、糜子，可供食用或釀酒，這裏泛指莊稼。

〔三〕磊磊，衆石堆積的樣子。《楚辭·九歌·山鬼》：「石磊磊兮葛蔓蔓。」

〔四〕觴（shāng），盛酒器。◎盞（zhǎn），酒杯。

歡呼全國人大、全國政協合開

一九七九年

東風送暖又春回，
更值人民盛會開。
喚起雄心花共發，
迎將喜訊雁同來。
滔滔麥浪離離黍，
滾滾鋼流磊磊煤。

二十四年完四化，
飛觴傳盞醉千杯！

建國三十周年（一九七九年十月）

天安門外競呼嵩〔一〕，朵朵葵花盡向東。
卅載光華昭日月，八方黎庶受帡幪〔二〕。
龍漦禍去河圖出〔三〕，蛟浦冰銷海道通〔四〕。
共勉長征新步伐，鵬程萬里趁雄風。

注　釋

〔一〕呼嵩（sōng），即嵩呼，高呼萬歲的意思。漢武帝登嵩山，吏卒聽見三次高呼萬歲的聲音，見《漢書·武帝紀》。

〔二〕黎庶，衆多百姓，指人民群衆。◎帡幪（píngméng），帳幕，引申爲覆蓋，即得到黨的陽光雨露撫育。

〔三〕龍漦（chí），古代傳説中神龍的唾沫。《史記·周本紀》載：周厲王末年，有（龍）漦流於庭，化爲玄黿，以入王後宫，童妾遭之，無夫而生女，是爲褒姒。後人因褒姒爲周幽王所寵，與周滅亡有關，就以「龍漦」比喻爲禍於國的女子。◎河圖，據《宋書·符瑞志》載：夏禹治水時，視察黄河，有河精授禹河圖，教禹治水的方法。這裏指建設祖國的宏偉規劃。

〔四〕蛟，傳説爲母龍。◎浦，水濱。孟浩然詩：「峴首辭蛟浦，江邊問鶴樓。」◎冰銷，化用列寧語意：「堅冰已經打破，航綫已經開通，道路已經指明。」

建國三十周年

一九七九年十月

天安門外讙呼萬，
朵朵葵花盡向東。
卅載光華昭日月，
八方黎庶受帡幪。
龍漦禍去河圖出，
峽浦冰銷海道通。
共勉長征新步伐，
鵬程萬里趁雄風。

參觀東方紅煉油廠（一九七九年）〔一〕

混混源泉不外求〔二〕，誰云中國是貧油？
黃龍輸送紅爐煉〔三〕，緑水青山盡點頭。
往日窮愁一掃空，東風直欲壓西風〔四〕。
蟄龍飛躍睡獅醒〔五〕，前路光明紅更紅。

注釋

〔一〕東方紅煉油廠是我國目前最大的現代化煉油廠之一，生産汽油、柴油等幾十種石油産品，每年煉原油七百五十萬噸。

〔二〕混混（gǔngǔn），同「滾滾」。《孟子·離婁下》：「原泉混混，不舍晝夜。」

〔三〕黃龍，指輸油管道。

〔四〕東風壓西風，毛澤東一九五七年十一月在各國共産黨和工人黨莫斯科會議上講話時指出：「我認爲目前形勢的特點是東風壓倒西風，也就是説，社會主義的力量對於帝國主義的力量佔了壓倒的優勢。」

〔五〕蟄（zhé），動物冬眠時潛伏在土中或洞穴中不食不動的狀態。《周易·繫辭下》：「龍蛇之蟄，以存身也。」◎睡獅，西方人以睡獅比中國。

參觀東方紅煉油廠

一九七九年

滾滾源泉不外求，
誰云中國是貧油？
黃龍輸送紅爐煉，
綠水青山盡點頭。

往日窮愁一掃空，
東風直欲壓西風。

蟄龍飛躍睡獅醒，
前路光明紅更紅。

懷一多（一九七九年十一月）〔一〕

曠世奇才有令名〔二〕，詩人烈士兩蜚聲〔三〕。
心思聰敏天生就，肝膽剛強鐵鑄成。
注屈箋唐精髓得〔四〕，橫眉拍案鬼神驚〔五〕。
玉溪妙筆常山舌〔六〕，激發群倫萬古情〔七〕。

注釋

〔一〕聞一多（一八九九—一九四六），現代著名詩人、學者。早年參加新月社，著有詩集《紅燭》《死水》，表現了對祖國深摯的感情、對黑暗現實的憎惡和抗議。後來主要從事學術研究，在《周易》《詩經》《莊子》《楚辭》的研究中取得相當的成就。抗日戰爭期間，任昆明西南聯合大學教授。一九四三年後，參加反對獨裁、爭取民主的鬥爭。抗日戰爭結束後，反對國民黨發動的內戰。一九四六年七月十五日在昆明被國民黨特務暗殺。

〔二〕曠世，世所未有。◎令名，美名。《史記·秦始皇本紀》：「阿房宮未成，成，欲更擇令名名之。」

〔三〕蜚聲，揚名。

〔四〕注屈，指注釋、研究《楚辭》。◎箋唐，注釋唐詩。聞一多曾在西南聯大講授中國文學史。

〔五〕横眉拍案鬼神驚，毛澤東《别了，司徒雷登》一文稱贊聞一多積極反對國民黨發動内戰的大無畏精神，指出：「聞一多拍案而起，横眉怒對國民黨的手槍，寧可倒下去，不願屈服。」

〔六〕玉溪，唐詩人李商隱，號玉溪生。◎常山舌，指唐代常山太守顔杲卿。據《新唐書·顔杲卿傳》記載，唐玄宗天寶十四年（七五五），安禄山反，顔杲卿起兵討賊，後城破被俘，送洛陽。他寧死不屈，痛斥安禄山。禄山不勝忿，縛之天津橋柱，節解，以肉噉之。詈不絶。賊鉤斷其舌，曰：「復能罵否？」杲卿含胡而絶。文天祥《正氣歌》：「爲嚴將軍頭，爲嵇侍中血，爲張睢陽齒，爲顔常山舌。」這句詩，稱贊聞一多優異的詩歌才華和堅强不屈的革命精神。

〔七〕群倫，指廣大革命群衆。◎萬古情，永遠崇敬的心情。

懷一多

一九七九年十一月

曠世奇才有令名，
詩人烈士兩蜚聲。
心思聰敏天生就，
肝膽剛強鐵鑄成。
注楚箋唐精髓得，
橫眉拍案鬼神驚。
玉溪妙筆常山舌，
激發群倫萬古情。

輓田漢（一九七九年）〔一〕

血肉長城義勇軍〔二〕，乾坤剩骨傲嶙峋〔三〕。
才高鬼妒含冤死〔四〕，千古傷心文化人〔五〕！

注釋

〔一〕這首七絶構思奇巧，其中一、二、四三句係引用田漢同志的詩句，這種借用死者的話以悼念死者的方法，感情更加誠摯、深沉。

〔二〕「血肉」句，田漢作詞、聶耳作曲的《義勇軍進行曲》，被定爲中華人民共和國的國歌。其中有「把我們的血肉築成我們新的長城」句。

〔三〕「乾坤」句，這句見田漢同志一九三五年寫的《入獄出獄三律》（其二）。原詩爲「乾坤硬骨餘多少」，此爲化用。◎嶙峋（línxún），比喻爲人剛直。

〔四〕「才高」句，指田漢同志遭「四人幫」迫害含冤而死。

〔五〕「千古」句，抗戰時期，田漢同志在貴陽過着貧困的生活，他爲此寫了一首七絶：「貴陽珠米桂爲薪，爺有新詩不救貧。殺人無力求人懶，千古傷心文化人。」

輓田漢

一九七九年

空前長城義勇軍、
乾坤剩骨傲嶙峋。
才高鬼妒含冤死、
千古傷心文化人！

觀舞劇《絲路花雨》（一九七九年十一月）〔一〕

敦煌壁畫國瑰寶〔二〕，美女飛天人醉倒〔三〕。
盛唐風流今又是〔四〕，舞臺再現非常好。
風塵滾滾卷黄沙，父女分離薄命花〔五〕。
淪入教坊第一部〔六〕，輕挑重撥反琵琶〔七〕。
畫師朝夕揮神筆，舞姿繪在莫高窟〔八〕。
「反彈琵琶伎樂天」，妙舞巧協黄鐘律〔九〕。
嬌娘避禍走波斯〔一〇〕，阿父披枷作畫師〔一一〕。
完成壁畫千秋業，體乏神疲死不辭。
絲綢之路通西域〔一二〕，迢遞康居與安息〔一三〕。
明駝千里走旁皇〔一四〕，輸送絲綢到大食〔一五〕。
中國絲綢異域珍，隆準碧眼亦章身〔一六〕。
鴛鴦繡出從君看，要把金針度與人〔一七〕。

畫師懷女心殷切，夢隨飛天入天闕〔一八〕。
美哉霓裳羽衣舞〔一九〕，賞心樂事良可悦〔二〇〕。
薄縠裹身蟬翼輕〔二一〕，群花燈下映眸明〔二二〕。
腰肢楊柳柔無骨，眉目秋波媚有情。
蹁躚緩步忽奔放，鴻雁一身流雪浪〔二三〕。
飛似蜻蜓輕點水，舞如駿馬高駘蕩〔二四〕。
雲想衣裳花想容，瑶臺月下舞東風〔二五〕。
霓裳曲是鈞天樂〔二六〕，翠羽翱翔在太空。
八十老翁眼未昏〔二七〕，如此歡場能幾度〔二八〕？
擊節高歌菩薩蠻〔二九〕，揮毫迅寫天魔舞〔三〇〕。
藝苑百花欣再春，花繁端賴灌園勤。
老枝吐艷新枝長，繼往開來澤萬民〔三一〕。

附：鍾敬文教授詩

贈了一教授

鍾敬文

夙驚詩律分毫髮〔三三〕，旖旎今哦花雨篇〔三三〕。
撩起隴西他日憶，畫廊沙磧恍當前〔三四〕。

一九五六年夏，余旅遊陝甘，西至玉門、敦煌。

注　釋

〔一〕舞劇《絲路花雨》係甘肅省歌舞團根據敦煌莫高窟珍存的壁畫和彩塑所反映的社會生活及造型藝術改編而成，並於一九七九年中華人民共和國成立三十周年之際到北京演出，轟動首都文藝舞臺，榮獲獻禮演出創作一等獎、演出一等獎。

〔二〕瑰（guī）寶，稀世珍寶。

〔三〕飛天，敦煌壁畫多有美女飛天形象。

〔四〕盛唐，唐代鼎盛時期。舞劇所表現的是唐代絲綢之路上所發生的事情。

〔五〕「風塵」兩句是指劇中情節，英娘與其父畫師神筆張在風塵滾滾的沙漠裏失離。

〔六〕教坊，唐代管理宫廷音樂的官署。白居易《琵琶行》詩：「十三學得琵琶成，名屬教坊第一部。」

此句是說英娘淪爲百戲班子的歌舞伎。

〔七〕反琵琶，劇中最爲精彩的舞姿，英娘反彈琵琶。

〔八〕「舞姿」句是說，神筆張按照女兒的舞姿畫出了敦煌壁畫，成爲壁畫的代表作。

〔九〕協，和諧，協調。◎黄鐘律，中國古代音樂十二律中的第一律。

〔一〇〕波斯，國名，即伊朗。市曹企圖霸佔英娘，神筆張讓女兒隨波斯商人伊努斯出走。

〔一一〕披枷，披帶枷鎖。市曹詭計未得逞，罰神筆張帶枷畫窟。

〔一二〕西域，泛指亞洲中西部、印度半島、歐洲東部和非洲北部的廣大地區。

〔一三〕迢遞（tiáodì），遥遠。◎康居，地名，在今烏兹别克撒馬爾罕城。◎安息，亞洲西部的古國。公元前一世紀至二世紀，安息是羅馬帝國與中國貿易、交通（絲綢之路）的必經之地。

〔一四〕明駝，善走的駱駝。◎旁皇，徘徊。這裏是長途跋涉的樣子。

〔一五〕大食，唐代以來稱阿拉伯帝國爲大食。

〔一六〕隆準，高鼻子。《史記・高祖本紀》：「高祖爲人，隆準而龍顔。」◎章身，《左傳・閔公二年》：「衣，身之章也。」後人稱衣服爲章身之具。這句是說，西方人也是要穿衣的。

〔一七〕度，傳授技藝。元好問詩：「鴛鴦繡出從君看，莫把金針度與人。」這裏反其意而用之。

〔一八〕天闕，帝王宫闕，這裏指天宫。

〔一九〕霓裳羽衣舞，唐代宫廷樂舞。其舞、樂和服飾都着力描繪虚無縹緲的仙境和仙女形象。此爲舞劇中最爲精彩的場面。

〔二〇〕賞心樂事，古人稱良辰、美景、賞心、樂事爲「四美」，這句表現欣賞精彩表演時愉悦的心情。

〔二一〕縠（hú），縐紗一類的絲織品。以下八句寫天仙優美的舞姿。

〔二二〕眸（móu），眼珠。

〔二三〕鴻雁一身流雪浪，這是法國詩人波德萊爾《瓔珞》詩中的句子。

〔二四〕駘（dài）蕩，形容舞姿奔放。

〔二五〕「雲想衣裳花想容」兩句，表現天仙優美的神態和精彩的舞蹈場面，給人以如在仙境之感。李白《清平調》：「雲想衣裳花想容，春風拂檻露華濃。若非群玉山頭見，會向瑶臺月下逢。」◎瑶臺，古人想象中的神仙居處。

〔二六〕霓裳曲，琵琶大曲。◎鈞天樂，「鈞天廣樂」的簡稱，神話中天上的音樂。

〔二七〕「八十老翁」以下八句寫作者觀看演出後的心情和感想。◎瞀（mào），眼花。

〔二八〕幾度，幾回，幾次。

〔二九〕菩薩蠻，唐教坊曲名。《杜陽雜編》：「大中初，女蠻國貢雙龍犀、明霞錦。其國人危髻金冠，纓絡被體，故謂之菩薩蠻。」

〔三〇〕天魔舞，又稱《十六天魔舞》，舞者爲宮女十六人，扮成菩薩形象而舞。這裏指《絲路花雨》。

〔三一〕澤萬民，爲人民服務。

〔三二〕「夙驚」句，王力先生所作詩詞，格律甚嚴，並著有《漢語詩律學》。

〔三三〕旖旎，輕盈柔美的樣子。◎哦，吟詠。◎花雨篇，指王先生的《觀舞劇〈絲路花雨〉》一詩。

〔三四〕畫廊，指敦煌壁畫。◎沙磧，指隴西一帶的沙漠地。◎恍當前，是説讀了王先生的詩，好像看見當年參觀敦煌壁畫的情景。

觀舞劇「絲路花雨」

一九七九年十一月

敦煌壁畫國瑰寶，
美女飛天人醉倒。
盛唐風流今又是，
舞臺再現非常好。
風塵滚滚卷黄沙，
父女分離薄命花。
淪入教坊第一部，
輕挑重撥反琵琶。

畫師朝夕揮神筆，
舞姿繪在莫高窟。
「反彈琵琶伎樂天」，
妙舞巧協黃鐘律。
嬌娘避禍走波斯，
阿父披枷作畫師。
完成壁畫千秋業，
體乏神疲死不辭。
絲綢之路通西域，
遠邁康居與安息。

明駝千里走旁皇，
輸送絲綢到大食。
中國絲綢異域珍，
隆準碧眼亦章身。
鴛鴦繡出從君看，
要把金針度與人。
畫師懷女心殷切，
夢隨飛天入天闕。
美哉霓裳羽衣舞，
賞心樂事良可悅。

薄縠裹身蟬翼輕，
蕣花燈下映眸明。
腰肢楊柳柔無骨，
眉目秋波媚有情。
蹁躚緩步忽奔放，
鴻雁一身流雪浪。
飛似蜻蜓輕點水，
舞如駿馬高駘蕩。
雲想衣裳花想容，
瑤臺月下舞東風。

霓裳曲是鈞天樂，
翠羽翱翔在太空。
八十老翁眼未瞀，
如此歡場能幾度？
擊節高歌菩薩蠻，
揮毫迅寫天魔舞。
藝苑百花欣再春，
花繁端賴灌園勤。
老枝吐艷新枝長，
繼往開來澤萬民。

附：鍾敬文教授詩

贈了一教授

鍾敬文

風驚詩律分毫髮，
旖旎今哦花雨篇。
撩起隴西他日憶，
畫廊沙磧繞當前。

一九五六年夏，余旅遊陝甘，西至玉門、敦煌。

庚申元旦遣興(一九八零年)〔一〕

星移斗轉又新年〔二〕，酒飲屠蘇意盎然〔三〕。
漫道古稀加十歲〔四〕，還將餘勇寫千篇〔五〕。
從知大難能添壽，喜見中興復尚賢〔六〕。
前路光明遠景美，山河壯麗艷陽天。

注　釋

〔一〕這首詩抒發了作者老當益壯的情懷和對美好未來的憧憬。◎庚申，古代用天干地支紀年，現今夏歷紀年仍用干支。庚申年即一九八〇年。

〔二〕斗，指北斗星。

〔三〕屠蘇，酒名。古俗正月初一，家人先幼後長，飲屠蘇酒。王安石《元日》詩：「爆竹聲中一歲除，春風送暖入屠蘇。」

〔四〕古稀，杜甫《曲江》詩：「酒債尋常行處有，人生七十古來稀。」後因用「古稀」爲七十歲的代稱。

〔五〕餘勇，《左傳・成公二年》：「欲勇者賈余餘勇。」

〔六〕中興，復興。杜甫《洗兵馬》詩：「中興諸將收山東，捷書日報清晝同。」◎尚賢，重視人才。

庚申元旦遣興

一九八零年

星移斗轉又新年，
酒飲屠蘇意盎然。
漫道古稀加十歲，
還將餘勇寫千篇。
從知大難能添壽，
喜見中興復尚賢。
前路光明遠景美，
山河壯麗艷陽天。

贈內（一九八零年春）〔一〕

甜甜苦苦兩人嘗，四十五年情意長。
七省奔波逃玁狁〔二〕，一燈如豆伴淒涼〔三〕。
紅羊濺汝鮫綃淚〔四〕，白藥醫吾鐵杖傷〔五〕。
今日桑榆晚景好〔六〕，共祈百歲老鴛鴦。

注釋

〔一〕這首詩是王力先生與夫人夏蔚霞結婚四十五周年之際，書贈蔚霞同志的。

〔二〕七省，「七七事變」以後，王力先生取道天津、青島，然後經鄭州、長沙，最後到達昆明，途中經過河北、山東、江蘇、河南、湖北、湖南、雲南七省。◎玁狁，古代少數民族名，常侵擾華夏各族，《詩經・小雅・采薇》：「靡室靡家，玁狁之故。不遑啟居，玁狁之故。」這裏指日本帝國主義侵略者。

〔三〕一燈如豆，抗戰時期，王力先生在西南聯大任教，生活十分清苦，每晚工作祇在小碟子裏放一根燈芯，加些燈油，點燃之後，用以照明，火焰如同豆粒大小。

〔四〕紅羊，即紅羊劫。據宋人柴望《丙丁龜鑒》，自戰國到五代之間的變亂，在丙午、丁未年的有廿一次。丙、丁於五行屬火，色赤，而未於十二屬爲羊，所以稱丙午、丁未年國家發生的灾難爲紅羊劫。一九六七年正值丁未年。◎鮫綃，傳説中鮫人所織的綃，泛指薄紗。陸游《釵頭鳳》：「春如舊，人空瘦，淚痕紅浥鮫綃透。」這裏指蔚霞同志爲王先生的險惡處境傷心落淚。

〔五〕白藥，指雲南白藥。◎鐵杖傷，十年内亂期間，王力先生備受磨難。一次批鬥後，被人用無縫鋼管打傷。這兩句是説，十年浩劫期間，蔚霞同志爲王先生的遭遇而落淚，用雲南白藥醫治王先生被人用鐵杖打成的創傷。

〔六〕桑榆，指晚景。曹植《贈白馬王彪》：「年在桑榆間，影響不能追。」

贈內

一九八零年春

甜甜苦苦兩人嘗，
四十五年情意長。
七省奔波逃獫狁，
一燈如豆伴淒涼。
紅羊濺汝鮫綃淚，
白藥醫吾鐵杖傷。
今日桑榆晚景好，
共祈百歲老鴛鴦。

題蒲松齡故居（一九八零年）〔一〕

窮愁自古鑄文豪〔二〕，窮到極時風格高。
砭俗刺姦憑妙筆〔三〕，靈狐山鬼續離騷〔四〕。

注釋

〔一〕爲紀念蒲松齡逝世二百六十五周年，蒲松齡故居管理人員請王力先生題詩。王力先生寫了這首詩。

〔二〕窮愁，困窮而憂傷。《史記·虞卿列傳》：「然虞卿非窮愁，亦不能著書以自見於後世云。」杜甫《奉贈王中允維》：「窮愁應有作，試誦白頭吟。」這句是説古人多因窮愁而成爲文豪。

〔三〕砭俗刺姦，針砭陋俗，諷刺時姦。

〔四〕靈狐山鬼，指蒲松齡《聊齋志異》中常假托的主人公。《楚辭·九歌·山鬼》：「若有人兮山之阿，被薜荔兮帶女蘿。」蒲松齡《聊齋志異》序：「披蘿帶荔，三閭氏感而爲騷；牛鬼蛇神，長爪郎吟而成癖。」◎《離騷》，古代大詩人屈原的長篇抒情詩。這句是説蒲松齡的文學成就是繼《離騷》之後，可以和屈原媲美的。

題蒲松齡故居

一九八零年

窮愁自古傳文豪、
窮到極時風格高。
話俗刺姦憑妙筆、
靈狐山鬼續離騷。

端午懷臺灣故舊（一九八零年六月）〔一〕

徒説天涯若比鄰〔二〕，端陽令節倍思親〔三〕。
屈原澤畔吟何苦〔四〕！庾信江南夢亦真〔五〕。
海闊無由傳雁帛〔六〕，鄉遥長使憶鱸蒓〔七〕。
九州一統終酬願〔八〕，不歎登高少一人〔九〕。

注釋

〔一〕一九八〇年六月，北京市政協在陶然亭召開端午詩會，王力先生即席寫了這首詩。◎故舊，老朋友。《論語·泰伯》：「故舊不遺，則民不偷。」

〔二〕天涯若比鄰，王勃《送杜少府之任蜀州》：「海内存知己，天涯若比鄰。」

〔三〕令節，美好的節令。◎倍思親，王維《九月九日憶山東兄弟》：「獨在異鄉爲異客，每逢佳節倍思親。」

〔四〕屈原，戰國時楚國愛國詩人，曾披髮行吟澤畔，顔色憔悴，形容枯槁（見《楚辭·漁父》）。

〔五〕庾信，原爲南朝梁臣，出使北周，被扣留任職，官至宰相，但他一心思念南朝，作《哀江南賦》。

〔六〕雁帛，指書信。《漢書·蘇武傳》：「天子射上林中，得雁，足有係帛書，言武等在某澤中。」元

〔七〕柳貫《舟中睡起》詩：「江驛比來無雁帛。」

鱸蒓，《晉書·張翰傳》記載，翰爲吳人，入洛陽被任官職，見到秋風起，就想起家鄉的菰菜、蒓羹、鱸魚膾，於是命駕回鄉。這裏指故鄉之思。

〔八〕九州，古代中國分爲冀、豫、雍、揚、兖、徐、梁、青、荆九州。這裏指中國。

〔九〕不歎登高少一人，王維《九月九日憶山東兄弟》：「遥知兄弟登高處，遍插茱萸少一人。」這兩句是説，祖國統一之後，就没有骨肉親朋分離之苦了。

端午懷臺灣故舊

一九八零年六月

徒説天涯若比鄰，
端陽令節倍思親。
屈原澤畔吟何苦！
庾信江南夢亦真。
海闊無由傳雁帛，
鄉遥長使憶蓴鱸。
九州一統終酬願，
不敬登高少一人。

水龍吟·和葉聖陶先生祝壽詞用原韻（一九八零年八月）〔一〕

懿歟海内詞宗〔二〕，竹林稷下馳名久〔三〕。情殷私淑〔四〕，一朝相見，新交如舊〔五〕。當代方皋〔六〕，馬空冀北〔七〕，承恩獨厚〔八〕。幸長隨杖履〔九〕，親承謦欬〔一〇〕，勤培植，粗成就。

四庫藝文窮究〔一一〕，苦鉤玄〔一二〕，焚膏賡晝〔一三〕。煥之高製〔一四〕，西川佳作〔一五〕，藏山傳後〔一六〕。毓德良師，樹人宏業，芝蘭清秀〔一七〕。祝康強逢吉〔一八〕，心閑身健〔一九〕，無疆眉壽〔二〇〕。

附：葉聖陶先生原詞

祝君八十陳詞，非徒文字因緣久〔二一〕。燕園昔訪〔二二〕，鴻光吴語〔二三〕，宛逢鄉舊。剖膽前年，聯肩問疾，情親何厚〔二四〕！

更俯從微願〔二五〕，津梁聲韻〔二六〕，頃相告，斯編就〔二七〕。

今古語文深究，矻孜孜〔二八〕，渾忘昏晝。傳薪改火〔二九〕，一隅三反〔三〇〕，承先開後。篤學精神，等身著作〔三一〕，喬松蒼秀〔三二〕。看群賢畢至〔三三〕，鴻篇雲集〔三四〕，爲先生壽！

注釋

〔一〕一九八〇年八月二十六日是王力先生八十壽辰，首都語文工作者曾於八月二十日召開慶祝座談會，葉聖陶先生書《水龍吟·祝了一先生八十壽》詞贈王先生，王先生填這首詞答謝。

〔二〕懿，美好。◎詞宗，文章的宗師。王勃《滕王閣序》：「騰蛟起鳳，孟學士之詞宗。」

〔三〕竹林，晉山濤、阮籍、嵇康、向秀、劉伶、阮咸、王戎七位文學之士，常遊於竹林之下，世謂之爲「竹林七賢」。這裏指葉聖陶先生文學方面的成就。◎稷下，戰國時，齊宣王喜學士，在都城臨淄的稷門之下設館。齊國名士騶衍等人常聚此議論。這裏指葉聖陶先生學術方面的成就。

〔四〕私淑，對自己所敬仰而不得從學的前輩，常自稱「私淑弟子」。《孟子·離婁下》：「予未得爲孔子徒也，予私淑諸人也。」這裏指王先生對葉老的仰慕。

〔五〕「一朝」兩句，王先生一九五一年從廣州來北京開會，首次與葉老相見，情景很是熱烈。

〔六〕方皋，九方皋，伯樂弟子，善相千里馬。事見《列子·説符》。

〔七〕馬空冀北，韓愈《送温處士赴河陽軍序》：「伯樂一過冀北之野，而馬群遂空。」這兩句是寫早年王先生的譯稿得到葉老賞識的心情。

〔八〕承恩獨厚，一九二七年至一九三二年王力先生在法國留學，生活及學習費用無着，曾譯法國劇本、小説寄回商務印書館。當時在商務任編輯的葉老給予很高評價，批了十六個字：「信達二字，鈞不敢言，雅之一字，實無遺憾。」於是，王先生每部譯稿，商務均予出版。王先生對此事感激不盡，終身不忘。

〔九〕杖履，也作「杖屨」，指老人。這裏指葉老。

〔一〇〕謦欬（qǐngkài），言笑。《莊子·徐無鬼》：「聞人足音跫然而喜矣，又況乎昆弟親戚之謦欬其側者乎？」這裏指教誨、指點。

〔一一〕四庫，舊時經史子集四類書籍分藏四庫，所以稱經史子集爲四庫。◎藝文，指古代典籍。《漢書》有《藝文志》。

〔一二〕鉤玄，探索深微的道理。韓愈《進學解》：「纂言者必鉤其玄。」

〔一三〕焚膏，韓愈《進學解》：「焚膏油以繼晷，恒兀兀以窮年。」◎賡晝，接續白天，即「繼晷」之意。

〔一四〕焕之，指葉老的第一部小説《倪焕之》。

〔一五〕西川，指葉老的散文集《西川集》。

〔一六〕藏山傳後，司馬遷《報任安書》：「藏之名山，傳之其人。」指流傳後世的不朽著作。

〔一七〕芝蘭，《晉書·謝安傳》：「玄少爲叔父安所器重，安嘗戒約子侄，因曰：『子弟亦何豫人事，而正欲使其佳。』諸人莫有言者。玄答曰：『譬如芝蘭玉樹，欲使其生於庭階耳。』」後用來贊美子弟。這裏指教育別人的子弟。

〔一八〕康強逢吉，《尚書·洪範》：「身其康強，子孫其逢吉。」這裏指身體安樂強健。

〔一九〕心閑，心境安閑。陶潛《自祭文》：「勤靡餘勞，心有常閑。」

〔二〇〕眉壽，年老眉長，所以稱長壽爲眉壽。《詩經·豳風·七月》：「爲此春酒，以介眉壽。」

〔二一〕文字因緣，指文章的往來。

〔二二〕「燕園」句，葉老曾到王先生家走訪，王先生夫婦用蘇州話與葉老交談，葉老是蘇州人，就像遇到同鄉一樣。◎燕園，指北京大學，王力先生住北大燕南園。

〔二三〕鴻光，漢代梁鴻、孟光，夫妻相敬如賓。這裏指王力先生夫婦。

〔二四〕「剖膽」三句，一九七八年，葉老因膽結石住院手術治療，王力先生夫婦前往醫院探望，感情十分深厚。

〔二五〕俯從微願，葉老曾建議王力先生寫一本音韻學入門之類的書，王先生欣然允諾。

〔二六〕津梁，津是渡口，梁是橋梁，有了津梁方可渡。這裏指學問的入門。◎聲韻，音韻學。

〔二七〕「頃相告」二句，在北京市語言學會成立大會上，王力先生告訴葉老，《音韻學初步》已經寫好，三萬字。

〔二八〕矻孜孜，《漢書·王褒傳》：「勞筋苦骨，終日矻矻。」《尚書·益稷》：「予思日孜孜。」這裏指勤奮刻苦，孜孜不倦。

〔二九〕傳薪，《莊子·養生主》：「指窮於爲薪，火傳也，不知其盡也。」意思是前薪將盡，傳火於後薪。薪，柴草。◎改火，《論語·陽貨》：「鑽燧改火。」意思是古時鑽木取火，因四季不同而改用不同的木材。這句的意思是説把學問傳授給學生。

〔三〇〕一隅三反，《論語·述而》：「舉一隅不以三隅反，則不復也。」

〔三一〕等身著作，意思是著作之多，叠起來有身體那麼高。

〔三二〕喬松，高大的松樹。《詩經·鄭風·山有扶蘇》：「山有喬松。」

〔三三〕群賢畢至，指語文界著名人士都來參加慶祝王力先生八十壽辰的座談會。

〔三四〕鴻篇雲集，指語文界著名人士都爲慶祝王先生八十壽辰寫了論文。召開慶祝座談會、出版紀念論文集是慶祝王先生八十壽辰活動的兩項主要内容。

水龍吟

和葉聖陶先生祝壽詞用原韵

一九八零年八月

談歟海内詞宗，竹林稷下馳名久。情殷私淑，一朝相見，新交如舊。當代方皋，

馬空冀北，
承恩獨厚。
幸長隨杖屨，
親承謦欬，
勤培植，
粗成就。
四庫藝文窮究。
苦鉤玄，
焚膏賡晝。

煥之高製，
西川佳作，
藏山傳後。
毓德良師，
樹人宏業，
芝蘭清秀。
祝康强逢吉，
心閑身健，
無疆眉壽。

附：葉聖陶先生原詞

祝君八十陳詞，
非徒文字因緣久。
燕園昔訪，
鴻光吳語，
宛逢鄉舊。
剖膽前年，
聯肩開疾，
情親何厚！
更俯從微願，

津梁聲韵，
頃相告，
斯編就。
今古語文深究，
矻孜孜，
渾忘昏晝。
傳薪改火，
一隅三反，
承先開後。

篤學精神、
等身著作、
喬松蒼秀。
看群賢畢至、
鴻篇雲集、
為先生壽！

調寄浣溪沙·學術活動五十周年座談會謝詞（一九八零年八月二十日）

自愧庸材無寸功〔一〕，不圖垂老受尊崇。感恩泥首謝群公〔二〕。
浩劫十年存浩氣〔三〕，長征萬里趁長風〔四〕。何妨髮白此心紅！

注　釋

〔一〕庸材，才能平常。

〔二〕泥首，叩頭。《晉書·庾亮傳》：「亮明日又泥首謝罪。」

〔三〕浩氣，正大剛直之氣。《孟子·公孫丑上》：「我善養吾浩然之氣。」

〔四〕趁，乘。南朝宋宗慤少時，叔父炳問其志，慤曰：「願乘長風，破萬里浪。」

學術活動五十周年座談會

謝詞

調寄浣溪沙

一九八〇年八月二十日

自愧庸材無寸功，
不圖垂老受尊崇。
感恩泥首謝群公。
浩劫十年存浩氣，

長征萬里趁長風，
何妨髮白此心紅！

四化頌(一九八零年八月二十九日)〔一〕

勵精圖治看今朝，旭日東升惡霧消。
科技龍飛欣夭矯〔二〕，工農鵬運趁扶摇〔三〕。
華佗醫國靈丹驗〔四〕，伯樂空群駿馬驕〔五〕。
十萬萬人齊努力，追歐趕美路非遥。

注釋

〔一〕一九八〇年八月，王力先生參加政協五屆三次會議，在小組討論會上，即席朗誦了這首詩。

〔二〕龍飛，《周易・乾》：「飛龍在天。」◎夭矯，屈伸自如的樣子。司馬相如《上林賦》：「夭蟜枝格，偃蹇杪顛。」這句説科技事業突飛猛進。

〔三〕鵬運，大鵬運行。《莊子・逍遥遊》：「鵬之徙於南冥也，水擊三千里，摶扶摇而上者九萬里。」◎扶摇，旋風。這句説工農業生産在蓬勃發展。

〔四〕華佗，三國時名醫。

〔五〕伯樂，古代善於相千里馬的人。◎空群，見一三六頁《水龍吟》注七。以上二句説國家領導人善於治國。

四化頌

一九八零年八月二十九日

勵精圖治看今朝，
旭日東昇急霧消。
科技龍飛欣夭矯，
工農鵬運趁扶搖。
華陀醫國靈丹驗，
伯樂空群駿馬驕。
十萬萬人齊努力，
追歐趕美路非遥。

中國語言學會在武昌召開（一九八零年十月）〔一〕

珞珈景物勝姑蘇〔二〕，盛會名城入畫圖。
鍥刻定教金可鏤〔三〕，切磋長以沫相濡〔四〕。
舊知端賴添新學〔五〕，同趣何妨有異途〔六〕？
語學前程無限美，波瀾壯闊似東湖。

注　釋

〔一〕中國語言學會於一九八〇年十月在武昌召開成立大會，各地語言學工作者濟濟一堂，共商發展語言科學大計，氣氛熱烈空前。

〔二〕珞珈，珞珈山，在武昌。◎姑蘇，蘇州。中國語言學會籌備會曾於前一年在蘇州召開，王先生寫此詩時，並無意將兩個會相比，祇是人們都説蘇杭景物甲天下，所以王先生爲贊美武昌景物纔這樣説。

〔三〕「鍥刻」句，用《荀子·勸學》「鍥而不舍，金石可鏤」的語意。

〔四〕切磋，《詩經·衛風·淇奥》：「如切如磋，如琢如磨。」這裏指切磋學問。◎以沫相濡，《莊子·大宗師》：「泉涸，魚相與處於陸，相呴以濕，相濡以沫。」這句的意思是在互相幫助的氣氛中切磋學問。

〔五〕舊知，指中國傳統的語文學。◎端，副詞，正。◎新學，指從西方傳入的語言學。

〔六〕同趣，同向一個方向。◎異途，不同的途徑。《周易·繫辭下》：「天下同歸而殊塗，一致而百慮。」《淮南子·本經訓》：「五帝三王，殊事而同指，異路而同歸。」

中國語言學會在武昌召開

一九八零年十月

珞珈景物勝姑蘇、
盛會名城入畫圖。
鍥刻定教金可鏤、
切磋長以沫相濡。
舊知端賴添新學、
同趣何妨有異途？
語學前程無限美、
波瀾壯闊似東湖。

題《大學生》（一九八零年十一月）〔一〕

黌宮自古育英才〔二〕，十載陰霾一旦開。
九畹芝蘭滋雨潤〔三〕，千章楠槲倚雲栽〔四〕。
端端錦繡從心出〔五〕，朵朵英華入卷來〔六〕。
科學須知關國運，神州生氣恃風雷〔七〕。

注釋

〔一〕北京大學出版社爲幫助大學生治學，創辦《大學生》叢刊，請王力先生題詞，王先生寫了這首詩。

〔二〕黌（hóng）宮，古代的學校。

〔三〕九畹（wǎn），《離騷》：「余既滋蘭之九畹兮，又樹蕙之百畝。」畹，十二畝。◎芝蘭，見一三七頁《水龍吟》注一七。

〔四〕千章，指千棵。章，量詞。《史記·貨殖列傳》：「山居千章之材。」◎楠、槲，都是高大喬木，這裏指好的人才。這一聯寫培養學生。

〔五〕端端，匹匹。◎錦繡，精美的絲織品。這裏指寫出的文章。

〔六〕英華，花朵。這裏也指寫的文章。這一聯指發表文章。

〔七〕恃風雷，龔自珍《己亥雜詩·過鎮江》：「九州生氣恃風雷，萬馬齊喑究可哀。我勸天公重抖擻，不拘一格降人材。」

題「大學生」

一九八零年十一月

黌宮自古育英才，
十載陰霾一旦開。
九畹芝蘭滋雨潤，
千章楠櫟倚雲栽。
端端錦繡從心出，
朶朶英華入卷來。
科學須知關國運，
神州生氣待風雷。

遊七星巖（一九八零年十二月）〔一〕

宿願名山汗漫遊〔二〕，尋幽訪勝到端州〔三〕。
桂林峰嶂西湖水〔四〕，巖外摩崖洞内舟〔五〕。
景物流連思悄悄〔六〕，湖山俯仰念悠悠〔七〕。
登臨恨不高千仞，南國風光眼底收。

注釋

〔一〕七星巖，在廣東肇慶市，是風景優美的勝地。

〔二〕汗漫，廣泛，漫無邊際。杜甫《奉送王信州崟北歸》：「復見陶唐理，甘爲汗漫遊。」

〔三〕端州，今廣東肇慶市。

〔四〕「桂林」句，七星巖的山，酷似桂林；七星巖的水，有如西湖。

〔五〕摩崖，在山石上鑿刻的文字圖象。◎洞内舟，洞内有水，可以蕩舟。

〔六〕流連，被景物吸引，不忍離去。《孟子·梁惠王下》：「從流下而忘反謂之流，從流上而忘反謂之連。」◎悄悄，憂思的樣子。《詩經·邶風·柏舟》：「憂心悄悄。」

〔七〕悠悠，憂思的樣子。《詩經·邶風·雄雉》：「悠悠我思。」「思悄悄、念悠悠」是寫有無限感慨而不言。

遊七星巖

一九八〇年十二月

宿願名山汗漫遊，
尋幽訪勝到端州。
桂林峰嶂西湖水，
巖外摩崖洞內舟。
景物流連思悄悄，
湖山俯仰念悠悠。
登臨恨不高千仞，
南國風光眼底收。

遊鼎湖山(一九八零年十二月)〔一〕

鼎湖訪勝未緣慳〔二〕，古寺巍然霄漢間〔三〕。
浩浩飛泉長濺水〔四〕，蒼蒼叢樹密遮山。
夏涼爽氣高低扇，冬暖晴雲來去閑〔五〕。
自顧山靈應笑我〔六〕，行年八十尚登攀〔七〕。

注釋

〔一〕鼎湖山，在廣東肇慶。

〔二〕緣慳，没有緣分。這句是説王力先生和山水名勝不是没有緣分。

〔三〕古寺，指鼎湖山的慶雲寺。王力先生曾爲此題匾「卿雲獻瑞」。

〔四〕飛泉，指瀑布。

〔五〕來去閑，李白《獨坐敬亭山》：「衆鳥高飛盡，孤雲獨去閑。」

〔六〕山靈，山神土地。◎應笑我，蘇軾《念奴嬌·赤壁懷古》：「多情應笑我，早生華髮。」

〔七〕「行年」句，王先生生於一九〇〇年，時年整八十歲。

遊鼎湖山

一九八零年十二月

鼎湖訪勝未緣慳，
古寺巍然霄漢間。
浩浩飛泉長濺水，
蒼蒼叢樹密遮山。
夏涼爽氣高低扇，
冬暖晴雲來去閑。
自顧山靈應笑我，
行年八十尚登攀。

遊從化温泉（一九八零年十二月）

鼎湖遊後又温泉，塊壘全消境似仙〔一〕。
飛瀑懸崖高瀉地，喬松脩竹矗參天。
壓山靜水光堪鑑〔二〕，夾道繁花艷可憐〔三〕。
安得重來逢仲夏〔四〕？日嘗三百荔枝鮮〔五〕。

注釋

〔一〕塊壘，胸中鬱結不平。又作「塊磊、壘塊」。《世説新語·任誕》：「阮籍胸中壘塊，故須酒澆之。」

〔二〕壓山靜水，指山上的湖。陶鑄同志曾稱之爲「天湖」。

〔三〕可憐，可愛。

〔四〕仲夏，五月，指荔枝成熟時。

〔五〕三百荔枝，蘇軾詩：「日啖荔枝三百顆，不妨長作嶺南人。」這聯是説從化盛産荔枝，五月，荔枝成熟時，吸引很多遊客，詩人很希望到那時再來暢遊。

遊從化温泉

一九八零年十二月

鼎湖遊後又温泉，
塊壘全消境似仙。
飛瀑懸崖高瀉地，
喬松修竹矗參天。
壓山靜水光堪鑑，
夾道繁花艷可憐。
安得重來逢仲夏？
日嘗三百荔枝鮮。

爲《語言研究》題詞（一九八一年二月四日）〔一〕

源頭活水起文瀾〔二〕，激起琪花上筆端〔三〕。
駟馬難追筆能繪〔四〕，心聲繪出請君看〔五〕。

注釋

〔一〕華中工學院（今華中科技大學）創辦語言學系和語言研究所，編輯出版《語言研究》，請王力先生題詞，王先生寫了這首詩。

〔二〕源頭活水，朱熹《觀書有感》：「問渠那得清如許，爲有源頭活水來。」

〔三〕琪花，仙家之花。見三八頁《題黎劭西先生廿年紀事詩存》注七。

〔四〕駟馬難追，《論語・顔淵》：「駟不及舌。」注：「過言一出，駟馬追之不及。」俗云：「一言出口，駟馬難追。」

〔五〕心聲，揚雄《法言・問神》：「言，心聲也。」

為「語言研究」題詞

一九八一年二月四日

源頭活水起文瀾，
激起琪花上筆端。
駟馬難追筆能繪，
心聲繪出請君看。

題《文史知識》（一九八一年四月）〔一〕

黄裔風流早斐然〔二〕，輝煌文化五千年。
馬班紀傳人爲鑑〔三〕，李杜文章焰燭天〔四〕。
藝苑騁懷生意境〔五〕，書林縱目扣心弦〔六〕。
讀書要有凌雲志〔七〕，拾級攀登泰嶽巔〔八〕。

注　釋

〔一〕中華書局爲普及文史知識，創辦《文史知識》期刊，請王力先生題詞，王先生寫了這首詩。

〔二〕黄裔，黄帝的子孫。◎風流，謂文學作品超逸美妙。司空圖《詩品·含蓄》：「不著一字，盡得風流。」◎斐然，文采貌。《論語·公冶長》：「斐然成章。」這句是説，黄帝子孫的文學成就是卓著的。

〔三〕馬班，指司馬遷、班固。◎紀傳，指他們所作的紀傳體史書《史記》《漢書》。◎人爲鑑，《唐書·魏徵傳》：「帝後臨朝歎曰：『以銅爲鑑，可正衣冠；以古爲鑑，可知興替；以人爲鑑，可明得失。朕嘗保此三鑑，内防己過。今魏徵逝，一鑑亡矣。』」此句講史。

〔四〕李杜，指李白、杜甫。◎焰燭天，韓愈《調張籍》：「李杜文章在，光焰萬丈長。」此句講文。

〔五〕藝苑，文藝界。◎騁懷，開暢胸懷。王羲之《蘭亭修禊序》：「所以遊目騁懷，足以極視聽之娱，信可樂也。」這裏指馳騁思想。

〔六〕書林，林立的書籍。◎扣心弦，扣動心弦，指動心。

〔七〕凌雲志，喻遠大的志向。

〔八〕拾級，沿階梯而上。《禮記·曲禮上》：「拾級聚足，連步以上。」◎泰嶽，東岳泰山。◎巔，山頂。

題「文史知識」

一九八一年四月

黄裔風流早斐然，
輝煌文化五千年。
馬班紀傳人爲楷，
李杜文章焰燭天。
藝苑騁懷生意境，
書林縱目扣心絃。
讀書要有凌雲志，
拾級攀登泰嶽巔。

馬寅初先生百歲誌慶（一九八一年六月二十四日）〔一〕

斥姦浩氣貫長虹〔二〕，人口高籌共仰公〔三〕。
敬祝期頤加百歲〔四〕，喬松挺秀日方中〔五〕。

注釋

〔一〕馬寅初先生，著名經濟學家，著有《新人口論》。曾任北京大學校長。馬老生於一八八二年，按中國習慣算法，時年整一百歲。

〔二〕斥姦浩氣，抗戰期間，馬寅初先生在重慶曾痛斥孔祥熙、宋美齡，表現了凛然正氣。

〔三〕人口高籌，指馬寅初先生的人口理論。通過一九五三年第一次人口普查得知，我國人口已超過六億，馬寅初先生從國計民生考慮，提出節制人口的新人口論。他的《新人口論》一九五七年七月十五日發表在《人民日報》上。

〔四〕期（笄jī）頤，百歲。《禮記·曲禮》：「百年爲期頤。」

〔五〕喬松，見一三八頁《水龍吟》注三二。◎日方中，太陽正到中天。

馬寅初先生百歲誌慶

一九八一年六月二十四日

斥姦浩氣貫長虹，
人口高籌共仰公。
敬祝期頤加百歲，
喬松挺秀日方中。

中國共産黨成立六十周年（一九八一年七月一日）

偉大光榮六十秋，靈丹馬列拯神州。
千年奴隸開枷鎖，萬丈光芒照斗牛〔一〕。
旁落漫嗟逢浩劫〔二〕，中興且喜建新猷〔三〕。
揚旗重上長征路，預祝繁榮軼美歐〔四〕。

注釋

〔一〕斗牛，星宿名，爲二十八宿中斗宿、牛宿。
〔二〕旁落，大權旁落。這裏指「四人幫」篡黨奪權。
〔三〕中興，衰而復興。這裏指粉碎「四人幫」，撥亂反正。◎新猷，指實現四化的宏偉規劃。猷，謀劃，規劃。
〔四〕軼（yì），本義爲後車超越前車，引申爲超越。

中國共產黨成立六十周年

一九八一年七月一日

偉大光榮六十秋，
靈丹馬列拯神州。
千年奴隸開枷鎖，
萬丈光芒照斗牛。
旁落漫嗟逢浩劫，
中興且喜建新猷。
揚旗重上長征路，
預祝繁榮軼美歐。

五哀詩（一九八一年）

（一）老舍〔一〕

自古文人厄運多，堪嗟魑魅喜人過〔二〕。
龍鬚溝水成陳迹〔三〕，今日明湖當汨羅〔四〕！

（二）翦伯贊〔五〕

馬班事業一家言〔六〕，讓步何堪大罪論〔七〕！
大獄株連莫須有〔八〕，夫妻服毒死含冤〔九〕。

（三）吴晗〔一〇〕

海瑞何如吴子忠〔一一〕？拘囚遠比罷官凶〔一二〕！
賈生流涕渾無補〔一三〕，贏得災殃及汝躬。

（四）周予同〔一四〕

經學淵源自不群，妄將尊孔厚誣君〔一五〕。

傳車押解山東去〔一六〕，帶鎖披枷掘孔墳〔一七〕。

（五）劉盼遂〔一八〕

博學宏詞屬老成〔一九〕，醇儒應與世無爭〔二〇〕。

孱軀底事遭鞭撻〔二一〕？水甕埋頭竟喪生〔二二〕！

注釋

〔一〕老舍（一八九九——一九六六），現代著名作家。早年曾去倫敦講學，創作有《老張的哲學》等三部長篇小説。抗戰期間，積極從事抗戰文學活動，發表了著名長篇小説《駱駝祥子》，深刻揭露和抨擊了罪惡的舊社會。解放後，熱情歌頌新社會，發表了數十個優秀劇作，如《方珍珠》《龍鬚溝》《茶館》等。曾任全國人大代表、全國政協常委、中國文聯副主席、北京市文聯主席等職，一九六六年被迫害致死。

〔二〕魑魅喜人過，杜甫《天末懷李白》：「文章憎命達，魑魅喜人過。」杜詩意思是文人多遭厄運，好像文章討厭人的命運通達似的；魑魅吃人，而喜歡有人經過。王先生這裏用杜詩意。魑魅，山精水怪。

〔三〕龍鬚溝，舊北京南城的一條污水溝，其臭無比，蚊蠅孳生，雨天爲害更甚。解放後，黨和政府及時治理，給勞動人民除去一害。老舍著有劇本《龍鬚溝》，表現這裏新舊社會勞動人民生活的變化。

〔四〕明湖，指太平湖。「十年内亂」期間，老舍備受迫害，慘遭毒打，一九六六年，投太平湖而死。◎見八頁《哭靜安師》注一五。

〔五〕翦伯贊（一八九八——一九六八），現代著名歷史學家。湖南桃源縣人，維吾爾族。曾任北京大學教授、副校長，中國科學院哲學社會科學部委員，第一、二、三屆全國人民代表大會代表，中央民族事務委員會委員。

〔六〕馬班，見一六四頁《題〈文史知識〉》注三。這句是説，翦伯贊在史學上成就卓著，自成一家。

〔七〕讓步，指翦伯贊提出的歷史理論——讓步政策。翦伯贊認爲，一個封建王朝建立初期，都對人民實行讓步政策，以促使生産的恢復和發展。「十年内亂」期間，這個理論被作爲翦伯贊的一大罪狀被批判。

〔八〕「大獄」句，「四人幫」迫害劉少奇同志，翦伯贊被牽連，遭到難以忍受的審訊逼供。◎株連，一人被認爲有罪而牽連多人。◎莫須有，秦檜誣陷岳飛，把岳飛下獄。韓世忠質問秦檜，秦檜説：「莫須有。」韓世忠説：「『莫須有』三字何以服人？」後人因稱冤案爲三字獄。

〔九〕服毒，一九六八年，翦伯贊夫婦服安眠藥自殺。

〔一〇〕吳晗（一九〇九——一九六九），現代著名史學家。解放前任西南聯大、清華大學教授。抗戰期間，積極參加民主運動，抨擊國民黨政府的獨裁專制。解放後，任北京市副市長，第一、二、三屆全國人大代表，第一、二、三屆全國政協委員、常委，一九五七年加入中國共産黨。他的主要著作有《朱元璋傳》《讀史札記》《新編歷史劇海瑞罷官》等。「十年内亂」期間，遭到殘酷迫害，含恨死於獄中。

〔一一〕海瑞，明代清官，官右僉都御史，巡撫應天十府。爲官清廉，疾惡如仇，打擊豪強，曾疏浚吳淞江，興修水利，爲當道者所不容，辭官而歸。吳晗寫有京劇《海瑞罷官》。

〔一二〕拘囚，吳晗因寫《海瑞罷官》而被拘囚。

〔一三〕賈生，賈誼。◎流涕，賈誼《治安策》：「臣竊惟事勢可爲痛哭者一，可爲流涕者二，可爲長太息者六。」

〔一四〕周予同，現代著名經學家，曾任教於上海南方大學、國民大學，講授經學史。王力先生曾在這兩所學校就讀。「十年内亂」期間，周予同也遭受迫害。

〔一五〕「經學」二句，周予同精通經學，「批林批孔」期間被誣爲尊孔。

〔一六〕傳車，囚車。

〔一七〕帶鎖披枷，鎖、枷是押解犯人的刑具。這裏泛指被押解。「批林批孔」期間人們誣他尊孔，把他當囚犯一樣押解到山東曲阜，讓他親手去挖孔子的墳墓。

〔一八〕劉盼遂（一八九六——一九六六），現代學者，曾就讀清華大學國學研究院。後一直任教於北京師範大學，有《論衡集釋》等著作。「十年内亂」期間被迫害而死。

〔一九〕博學宏詞，原爲科舉名稱，這裏指劉盼遂知識淵博。

〔二〇〕醇儒，指真正的知識分子。劉盼遂一心作學問，自認爲與世無爭。

〔二一〕孱（chán）軀，孱弱的身軀。◎底，何。◎鞭撻，劉盼遂被毆打致死。

〔二二〕水甕埋頭，劉盼遂被打死後，尸體又被倒栽在水缸裏，說是自殺的。

五哀詩

一九八一年

(一)老舍

自古文人厄運多，
堪嗟魑魅害人過。
龍鬚溝水成陳迹，
今日明湖當汨羅！

(二)翦伯贊

馬班事業一家言，
讓步何堪大罪論！

大獄株連莫須有，
夫妻服毒死含冤。

（三）吳晗

海瑞何如吳子忠？
拘囚遠比罷官凶！
賈生流涕渾無補，
贏得災殃及汝躬。

（四）周予同

經學淵源自不群。

安將尊孔享誣君。
傳來押解山東去，
帶鎖披枷祗孔墳。

（五）劉盼遂，

博學宏詞屬老成，
醇儒應與世無爭。
孱軀底事遭鞭撻？、
水甕埋頭竟喪生！

日中學院建校三十周年（一九八一年十月）〔一〕

倉石藤堂三十年〔二〕，日中友好賴宣傳。
春風時雨櫻花盛〔三〕，勝似滿園桃李研。

注釋

〔一〕一九八一年十月初，王力先生赴日本參加日中學院建校三十周年紀念活動。

〔二〕倉石，日本漢學家，日中學院第一任院長，藤堂的老師。◎藤堂，藤堂明保，日本漢學家，日中學院院長。

〔三〕春風，指教育。宋李侗《與羅從彦書》：「不言而飲人以和，與人並立而使人化，如春風發物，蓋亦莫知其所以然也。」◎時雨，也指教育。《孟子·盡心上》：「君子之所以教者五：有如時雨之化者……」◎櫻花，日本盛産櫻花，這裏用櫻花比喻受教育的學生。

日中学院建校三十周年

一九八一年十月

倉石藤堂三十年，日中友好賴宣傳。春風時雨櫻花盛，勝似滿園桃李研。

贈藤堂明保（一九八一年十月）

遠從海外得知音〔一〕，萬里相邀情誼深〔二〕。
富士高山流水韻〔三〕，鍾期來聽伯牙琴〔四〕。

注釋

〔一〕得知音，藤堂作《漢字語源研究》，採納了王先生脂、微分部的説法，所以王先生這樣説。

〔二〕「萬里」句，藤堂邀請王力先生參加日中學院三十周年校慶。

〔三〕富士，富士山，日本名山。◎高山流水，《列子・湯問》：「伯牙善鼓琴，鍾子期善聽。伯牙鼓琴，志在高山，鍾子期曰：『善哉，峨峨兮若泰山！』志在流水，鍾子期曰：『善哉，洋洋兮若江河！』」後來指遇到知音。

〔四〕「鍾期」句，這裏王先生把藤堂比作鍾子期，自比伯牙。藤堂來聽王先生演講，比做鍾子期來聽伯牙琴。

贈藤堂明保

一九八一年十月

遠從海外得知音，

萬里相邀情誼深。

富士高山流水韻，

鍾期來聽伯牙琴。

訪日偶吟（一九八一年十月）

（一）訪嵐山周總理詩碑〔一〕

當年東渡有周公〔二〕，今我來遊煙雨中。
矚目嵐山私願足〔三〕，日中文化永相通。

（二）訪二條城〔四〕

渠渠夏屋僭皇宫〔五〕，赳赳權臣蓋世雄〔六〕。
武道何如明治好〔七〕？濛濛煙雨吊秋風。

（三）訪奈良東大寺〔八〕

大佛巍峩丈六身，氤氲煙火攝群倫〔九〕。
何如殿外甡甡鹿〔一〇〕？得食欣欣最動人〔一一〕！

（四）訪唐招提寺〔一二〕

鑒真東渡有英名〔一三〕，屢阻風波事竟成。
播道扶桑千古業〔一四〕，招提香火報堅貞〔一五〕。

注　釋

〔一〕嵐山，日本京都著名風景區。一九一九年四月周恩來同志在日本寫了《雨中嵐山》《雨後嵐山》兩首白話詩。周總理逝世後，日本人民在嵐山建周恩來總理詩碑，以表示對周恩來同志的懷念，同時也表示日中友好。

〔二〕「當年」句，一九一七年，周恩來同志爲尋求救國救民的真理，毅然在中學畢業後東渡日本留學。

〔三〕矚目，注視。◎私願足，王力先生來日本講學就有訪周總理詩碑的願望，現在見到了詩碑，願望得到了滿足。

〔四〕二條城，日本幕府時代的將軍府，在京都。

〔五〕渠渠夏屋，《詩經·秦風·權輿》：「於我乎，夏屋渠渠。」夏屋，大屋。渠渠，廣闊的樣子。◎僭，臣子超越規定稱僭。

〔六〕赳赳，英武雄壯的樣子。《詩經·周南·兔罝》：「赳赳武夫，公侯干城。」◎蓋世，壓倒一世。《三國志·蜀書·諸葛亮傳》：「劉豫州王室之胄，英才蓋世。」

〔七〕武道，武士道。◎明治，日本明治天皇在一八六六年實行維新，這裏指明治維新。

〔八〕奈良，日本古都。

〔九〕攝，吸引。◎群倫，衆生。倫，類。

〔一〇〕甡甡鹿，指殿外衆多之鹿。《詩經·大雅·桑柔》：「瞻彼中林，甡甡其鹿。」甡甡（shēnshēn），衆多的樣子。

〔一一〕欣欣，高興自得的樣子。

〔一二〕招提寺，四方之僧用爲住處的寺院。這裏指唐代鑒真和尚所住的寺院。

〔一三〕鑒真，唐朝的高僧，曾多次東渡日本，爲風暴所阻，未能成功。但毫不氣餒，終於在晚年雙目失明的情況下到達日本，爲傳播文化、發展中日友好做出了貢獻。

〔一四〕扶桑，原爲漢東方古國名，後用來指日本。

〔一五〕招提，泛指寺院，這裏指招提寺。◎香火，供奉於佛前的香和燈火，用於表示對佛的虔誠。

訪日偶吟

一九八一年十月

(一)訪嵐山周總理詩碑

當年東渡有周公，
今我來遊烟雨中。
屬目嵐山私願足，
日中文化永相通。

(二)訪二條城

渠渠夏屋僭皇宮，
赳赳權臣蓋世雄。

武道何如明治好？
濛濛烟雨帀秋風。

（三）訪奈良東大寺

大佛巍巍丈六身，
氤氳烟火攝群倫。
何如殿外甡甡鹿？
得食欣欣最動人！

（四）訪唐招提寺

鑑真東渡有英名，
屢阻風波事竟成。

講道扶桑千古業，
拈提香火賴堅貞。

題《大學圖書館》（一九八一年十月）〔一〕

四庫五車何足誇〔二〕？琳琅滿目盡英華。
西園東壁迎朝日〔三〕，淨几明窗映晚霞。
格物致知無止境〔四〕，發幽探賾有名家〔五〕。
讀書萬卷神來筆〔六〕，不羨江淹夢筆花〔七〕。

注釋

〔一〕《大學圖書館》是高校圖書館協會創辦的刊物。他們請王力先生題詞，王先生寫了這首詩。

〔二〕四庫，見一三六頁《水龍吟》注一一。◎五車，《莊子·天下》：「惠施多方，其書五車。」後指書之多。

〔三〕西園、東壁，唐張説《恩敕麗正殿書院宴應制得林字》：「東壁圖書府，西園翰墨林。」東壁，星名，即壁宿。《晉書·天文志》：「東壁二星，主文章，天下圖書之秘府也。」後指藏書的地方。

〔四〕格物致知，《禮記·大學》：「致知在格物。物格而後知致。」格物，推究事物的原理。致知，獲得知識。

〔五〕探賾，窺探幽深。《周易·繫辭上》：「探賾索隱，鉤深致遠，以定天下之吉凶。」

〔六〕「讀書」句，此句係化用杜甫《奉贈韋左丞丈二十二韻》「讀書破萬卷，下筆如有神」詩意。

〔七〕夢筆花，見三八頁《題黎劭西先生廿年紀事詩存》注七。

題「大學圖書館」

一九八一年十月

四庫五車何足誇？
琳琅滿目盡英華。
西園東壁迎朝日，
淨几明窗映晚霞。
格物致知無止境，
發幽探賾有名家。
讀書萬卷神來筆，
不羨江淹夢筆花。

贈諸生 北京大學尊師愛生座談會即興（一九八一年十月二十八日）

粉筆生涯五十年〔一〕，廣文弟子過三千〔二〕。
庭階幸有芝蘭秀〔三〕，園圃欣逢桃李研。
鵬舉自應騰健翮〔四〕，雞鳴共勉著先鞭〔五〕。
英才輩出能匡國，振我中華賴汝賢。

注釋

〔一〕「粉筆生涯」句，指作者從事教育工作五十年。

〔二〕廣文，唐代國子監開廣文館，設博士、助教，負責國子監中修進士業的人。明清以來泛指教育之官。◎弟子過三千，《史記·孔子世家》記載，孔子「弟子三千，賢人七十」。

〔三〕芝蘭，見一三七頁《水龍吟》注一七。

〔四〕鵬舉，《莊子·逍遥遊》説鵬要飛到九萬里的高度纔向南飛。這裏指志向遠大。◎健翮，矯健的羽翼。

〔五〕雞鳴，《晉書·祖逖傳》：「與司空劉琨俱爲司州主簿，情好綢繆，共被同寢。中夜聞荒雞鳴，蹴琨覺曰：『此非惡聲也。』因起舞。」◎先鞭，《世説新語·賞譽》：「劉琨與親舊書曰：『吾枕戈待旦，志梟逆虜，常恐祖生先吾著鞭耳。』」

贈諸生

北京大學尊師愛生座談會即興

一九八一年十月二十八日

粉筆生涯五十年，
廣文弟子過三千。
庭階幸有芝蘭秀，
園圃欣逢桃李研。
鵬舉自應騰健翮，
雞鳴共勉著先鞭。

英才輩出能匡國，
振我中華賴汝賢。

憶佩弦（一九八一年十一月）〔一〕

促膝論文在北院〔二〕，雞鳴風雨滯南疆〔三〕。
同心惠我金蘭誼〔四〕，知己蒙君琬琰章〔五〕。
子厚記遊清見底〔六〕，伯夷恥粟永流芳〔七〕。
荷塘月色今猶昔〔八〕，秋水伊人已渺茫〔九〕。

注釋

〔一〕佩弦，朱自清（一八九八——一九四八），字佩弦。現代著名作家、學者。早年參加文學研究會，以長詩《毀滅》蜚聲詩壇。從一九二五年起，一直任清華大學教授，講授《中國新文學研究》等課，並創作有《背影》等散文集。一九四六年熱情謳歌民主戰士聞一多，以後，積極參加民主運動，一身重病，寧可餓死，不領美國的救濟糧，表現了中華民族的英雄氣概。一九四八年十月十二日病逝。

〔二〕北院，抗戰之前，王力先生與朱自清先生同任教於清華大學，經常一起討論學術問題。朱自清先生住清華大學北院九號。

〔三〕雞鳴風雨，《詩經·鄭風·風雨》：「風雨如晦，雞鳴不已。」◎滯南疆，因日寇入侵，清華大學遷往昆明，與北大、南開二校合爲西南聯合大學。王力先生與朱自清先生也隨校去昆明，在西南聯大任教。

〔四〕金蘭誼，《周易・繫辭上》：「二人同心，其利斷金；同心之言，其臭如蘭。」後用「金蘭」表示朋友之間的深厚友情。

〔五〕琬琰，琬圭、琰圭。《孝經序》：「寫之琬琰，庶有補於將來。」疏：「寫之琬琰者，取其美名耳。」這裏琬琰章指朱自清先生爲王力先生《中國現代語法》寫的序文。

〔六〕子厚，柳宗元，字子厚。柳宗元在永州期間，寫了很多優美的山水遊記。朱自清先生寫的遊記文學也很有特色，語言清澈見底，完全可以和柳宗元媲美。

〔七〕伯夷，商末孤竹君之子，周武王滅商之後，伯夷恥食周粟而餓死。這裏用伯夷恥粟喻朱自清先生在貧病交加之中，不吃美國的救濟糧，表現了中國人民的高尚民族氣節。

〔八〕荷塘月色，清華大學工字廳前邊和右邊都有荷花池，朱自清先生常在此處散步，欣賞荷塘月色，並寫有優美的散文《荷塘月色》。

〔九〕秋水伊人，《詩經・秦風・蒹葭》：「蒹葭蒼蒼，白露爲霜。所謂伊人，在水一方。」這兩句是説舊物依然，而人已不在，表現了對朱自清先生的深切懷念。

憶佩弦

一九八一年十一月

從勝論文在北院，
雞鳴風雨滯南疆。
同心惠我金蘭誼，
知己蒙君琬琰章。
子厚記遊清見底，
伯夷恥粟永流芳。
荷塘月色今猶昔，
秋水伊人已渺茫。

即事（一九八一年十二月）〔一〕

雕龍餘事是雕蟲〔二〕，瑣語重刊繼論叢〔三〕。
豈計陽春與下里〔四〕？何妨異曲亦同工〔五〕？
泰山青靄盪胸潔〔六〕，鄴水朱華耀眼紅〔七〕。
翰墨生涯存至樂〔八〕，窗明几淨日曈曈〔九〕。

注釋

〔一〕王力先生於二十世紀四十年代初在昆明曾寫了很多小品文，一九四九年上海觀察社以《龍蟲並雕齋瑣語》爲題收集出版。一九八〇年中國社會科學出版社決定重版，王先生看校樣時，有感於心，即事作此詩。

〔二〕雕龍，《史記·孟子荀卿列傳》記載，戰國時，齊人騶衍言天事，善閎辯。騶奭採騶衍之術以紀文。齊人因此稱騶衍爲「談天衍」，稱騶奭爲「雕龍奭」。裴駰集解引劉向《别録》：「騶奭修衍之文，飾若雕鏤龍文，故曰『雕龍』。」這裏指寫作學術性的論文。◎雕蟲，揚雄《法言·吾子》：「或問：『吾子少而好賦？』曰：『然，童子雕蟲篆刻。』」這裏指寫文藝性的文章。

〔三〕瑣語，指《龍蟲並雕齋瑣語》。◎論叢，指王力先生的文集《龍蟲並雕齋文集》。《文集》於一九八〇年由中華書局出版。

〔四〕陽春，古代楚國樂曲名，屬較高級的音樂。◎下里，古代楚國樂曲名，是民間的俗音樂。宋玉《對楚王問》：「客有歌於郢中者，其始曰『下里、巴人』，國中屬而和者數千人，……其爲『陽春、白雪』，國中屬而和者不過數十人。」這裏王先生用「陽春」指學術性論文（《文集》所收），用「下里」指文藝性文章（《瑣語》所收）。

〔五〕異曲同工，韓愈《進學解》：「子雲、相如，同工異曲。」這聯是説，不管是學術性論文，還是文藝性的小品，都可以作，衹要作得好。

〔六〕青靄，指山嵐秀氣。王維《終南山》：「太乙近天都，連山到海隅。白雲回望合，青靄入看無。」◎盪（蕩）胸，蕩滌胸臆。杜甫《望岳》：「蕩胸生層云，决眦入歸鳥。」

〔七〕鄴水朱華，曹植《公宴》詩：「秋蘭被長坂，朱華冒綠池。」王勃《滕王閣序》：「鄴水朱華，光照臨川之筆。」鄴水，在河北臨漳一帶。朱華，紅花。以上兩句寫作學問的感受、境界。

〔八〕翰墨生涯，指寫作生活。翰墨，筆墨。張衡《歸田賦》：「揮翰墨以奮藻，陳三王之軌模。」

〔九〕曈曈，日出漸明的樣子。以上兩句寫作學問的快樂。後一句用形象來表現這種快樂。

即事

一九八一年十二月

雕龍餘事是雕蟲，
瑣語重刊繼論叢。
豈計陽春與下里？
何妨異曲亦同工？
泰山青靄盪胸潔，
鄴水朱華耀眼紅。
翰墨生涯存至樂，
窗明几淨日曈曈。

自題詩集（一九八二年元旦）〔一〕

文章得失寸心知〔二〕，底事刊行覆瓿辭〔三〕？
啼鳥驚魂非惜别，春花濺淚是傷時〔四〕。
卿雲獻瑞曾題匾〔五〕，屏玉横波爲勒碑〔六〕。
哀樂百端留紙上，存詩長憶喜和悲〔七〕。

注釋

〔一〕北京出版社決定出版王力先生詩集，王先生有感作此詩。

〔二〕文章句，杜甫《偶題》：「文章千古事，得失寸心知。」

〔三〕底，何。◎覆瓿（fùbù），《漢書·揚雄傳下》説，揚雄作《太玄》《法言》，「劉歆亦嘗觀之，謂雄曰：『空自苦！今學者有禄利，然尚不能明《易》，又如《玄》何？吾恐後人用覆醬瓿也。』」後因以「覆瓿」形容著作没有價值，衹能用來蓋盛醬的瓦罐。這是王先生自謙，説自己的詩集没什麽價值。

〔四〕啼鳥驚魂、春花濺淚，均取杜甫《春望》「感時花濺淚，恨别鳥驚心」意而用之。這兩句的意思是説，寫詩不是因爲惜别，而有時是由於傷時。這兩句説詩中有哀、有悲。

〔五〕「卿雲」句，王力先生於一九八〇年冬遊鼎湖山慶雲寺，曾題「卿雲獻瑞」四字爲匾額。

〔六〕「屏玉」句，王先生遊肇慶七星巖，題七律一首，勒碑於玉屏巖上。這兩句意思是説，寫詩有時是對祖國大好河山的歌頌，並説詩中有樂、有喜。

〔七〕百端，百種。《世説新語·言語》：「見此芒芒，不覺百端交集。」這聯總括，寫爲什麽要出版這本詩集。

自題詩集

一九八二年元旦

文章得失寸心知，
底事刊行覆瓿辭？
啼鳥驚魂非惜別，
春花濺淚是傷時。
鄉雲獻瑞曾題畫，
屏玉橫波爲勒碑。
哀樂百端留紙上，
存詩長憶喜和悲。

詠蟹爪蘭(一九八二年一月)〔一〕

有爪無螯醜陋姿〔二〕,可憐無葉復無枝〔三〕。
誰知踏雪尋梅日〔四〕,正是銜寒吐蕊時!
植根瘠土瓦盆中,帶紫兼朱別樣紅。
久駐朱顔三閱月〔五〕,抗顔厲色對西風〔六〕。
窮陰凝閉黯樓臺〔七〕,風烈冰堅百卉摧。
幸有後凋松柏在〔八〕,喜隨梅姊報春來。

注釋

〔一〕王力先生家中養蟹爪蘭一盆。初時,王先生以爲它形象醜陋,無甚可觀。後來,見其於嚴冬而繁花盛開,鮮艷異常,感慨繫之,遂詠此詩。

〔二〕有爪無螯,這句寫蟹爪蘭的形狀,像蟹有爪而無螯。螯,蟹前部一對像鉗子一樣的變形大爪。

〔三〕「可憐」句，蟹爪蘭爲仙人掌類，所以説無葉無枝。

〔四〕踏雪尋梅，這是一句成語。張九齡《答陸澧》詩：「不辭山路遠，踏雪也相過。」朱熹詩：「憶昔身無事，尋梅祇怕遲。」陸游《探梅》詩：「今朝偶有尋梅興，春色爭來拄杖前。」

〔五〕朱顏，美好的面容。這裏指花的容顔。◎三閲月，經過三個月。這句是説花開經久不凋謝。

〔六〕抗顔，莊嚴不屈的面容。◎厲色，嚴厲的面容。這句是説面對酷寒凛冽的西風，毫無懼色。

〔七〕窮陰凝閉，指冬天天陰得很厲害。李華《吊古戰場文》：「至若窮陰凝閉，凛冽海隅，積雪没脛，堅冰……」

〔八〕後凋松柏，《論語·子罕》：「歲寒，然後知松柏之後彫也。」

詠蟹爪蘭

一九八二年一月

有爪無螯醜陋姿，
可憐無葉復無枝。
誰知踏雪尋梅日，
正是衝寒吐蕊時！

植根瘠土瓦盆中，
帶紫兼朱別樣紅。
久駐朱顏三閱月，

抗顏厲色對西風，
窮陰凝閉黯樓臺，
風烈冰堅百卉摧。
幸有後凋松柏在，
喜隨梅萼報春來。

示緝憲兒（一九八二年一月）〔一〕

瑚璉大器玉雕成〔二〕，白首深懷舐犢情〔三〕。
晚景賴兒匡老父，前途望汝比諸兄〔四〕。
民胞物與思張載〔五〕，蘭佩荷衣念屈平〔六〕。
但願遐齡加十歲〔七〕，拭眸看爾立功名〔八〕。

注釋

〔一〕緝憲，王力先生最小的兒子，中國人民大學經濟管理系學生，一九八二年畢業，分配在中國科學院地理研究所工作。

〔二〕瑚璉，古時祭祀時盛粟稷的器皿，用來比喻有才能，能擔當大任。《論語·公冶長》：「子貢問曰：『賜也何如？』子曰：『女，器也。』曰：『何器也？』曰：『瑚璉也。』」

〔三〕舐犢情，老人愛子之情。《後漢書·楊彪傳》：「子修爲曹操所殺，操見彪問曰：『公何瘦之甚？』對曰：『愧無日磾先見之明，猶懷老牛舐犢之愛。』」

〔四〕比諸兄，緝憲大哥王緝和，筆名秦似，著名散文家；二哥王緝平，醫生、廣西醫學院教授；三哥王緝志，北大數學系畢業，時任職冶金工業部；四哥王緝思，北大國際政治系研究生，在英國牛津大學進修。

〔五〕民胞物與，民爲同胞，物爲同輩。宋張載《西銘》：「故天地之塞，吾其體；天地之帥，吾其性。民吾同胞，物吾與也。」此句指愛民。

〔六〕蘭佩荷衣，以蘭爲佩，以荷爲衣。屈原《離騷》：「扈江離與辟芷兮，紉秋蘭以爲佩。」又：「製芰荷以爲衣兮，集芙蓉以爲裳。」此句指愛國。以上兩句是希望緝憲愛國愛民。

〔七〕遐齡，高齡。

〔八〕立功名，樹立功績和名聲。《莊子·山木》：「削迹捐勢，不爲功名。」這裏指爲國家做出貢獻。

示緝憲兒

一九八二年一月

瑚璉大器玉雕成，
白首深懷舐犢情。
晚景賴兒匡老父，
前途望汝比諸兄。
民胞物與思張載，
蘭佩荷衣念屈平。
但願遐齡加十歲，
拭眸看爾立功名。

北京大學春節茶話會即興（一九八二年一月二十三日）

我國急需梁棟材〔一〕，莘莘學子遠方來〔二〕。
談天高論雕龍手〔三〕，擲地金聲倚馬才〔四〕。
格物致知窮萬類〔五〕，捫參歷井上三台〔六〕。
雄獅久睡今朝醒〔七〕，行見威名震九垓〔八〕。

注釋

〔一〕梁棟，房屋的大梁，喻能爲國爲民承擔重任的人才。《三國志·魏書·高柔傳》：「今公輔之臣，皆國之棟梁，民所具瞻。」杜甫《古柏行》：「大厦如傾要梁棟。」

〔二〕莘莘（shēnshēn），衆多。◎學子，學生。

〔三〕談天、雕龍，見一九八頁《即事》注二。

〔四〕擲地金聲，《世説新語·文學》：「孫興公作天台賦成，以示范榮期云：『卿試擲地，要作金石聲。』」這裏指才華高。◎倚馬才，《世説新語·文學》説晉桓温北征，袁宏倚馬前草擬文告，頃刻寫成七紙。後來用倚馬才稱人文思敏捷。唐吴融《靈池縣見早梅》：「栖身未識登龍地，落筆元非倚馬才。」以上兩句就文科而言。

〔五〕格物致知，見一八九頁《題〈大學圖書館〉》注四。

〔六〕捫參歷井，見七六頁《登長城最高處》注三。◎三台，星宿名，即上台、中台、下台。李白《蜀道難》中有「捫參歷井仰脅息」之句。這裏指製造人造衛星，遨遊太空。以上兩句就理科而言。

〔七〕雄獅，解放前，西方一些人稱中國爲睡獅。

〔八〕九垓，九州，這裏指世界。

北京大學春節茶話會即興

一九八二年一月二十三日

我國急需梁棟材，
莘莘學子遠方來。
談天高論雕龍手，
擲地金聲倚馬才。
格物致知窮萬類，
捫參歷井上三台。
雄獅久睡今朝醒，
行見威名震九垓。

春節重懷臺灣故舊(一九八二年)

庚申端午寄吟箋〔一〕，壬戌迎春思悄然〔二〕。
苦恨卅秋隔滄海〔三〕，還從兩岸結文緣〔四〕。
江東渭北花俱發〔五〕，大陸臺灣月共圓。
樽酒論文何日是〔六〕？暮雲春樹自年年〔七〕。

注釋

〔一〕庚申，一九八〇年。王力先生一九八〇年端午節曾寫《端午懷臺灣故舊》詩，隨福建發向海峽對岸的高空氣球飄向臺灣，所以説「寄吟箋」。

〔二〕壬戌，一九八二年春節後爲壬戌年。◎悄然，憂愁的樣子。

〔三〕苦恨，深恨。

〔四〕結文緣，指通過文化進行交往。王力先生的著作，多在臺灣翻印出版，被改名爲王協、王子武等，或不載作者姓名。

〔五〕江東渭北，杜甫《春日憶李白》：「渭北春天樹，江東日暮雲。」當時杜甫在長安，李白在江東。這裏用「江東渭北」指臺灣與大陸。

〔六〕樽酒論文，杜甫《春日憶李白》：「何時一尊酒，重與細論文。」尊，同「樽」，酒器。

〔七〕暮雲春樹，見〔五〕江東句注。以上兩句是對臺灣故舊的懷念、對祖國統一的期望。

春節重懷臺灣故舊

一九八二年

庚申端午寄吟箋，
壬戌迎春思悄然。
苔根卅秋隔滄海，
還從兩岸結文緣。
江東渭北花俱發，
大陸臺灣月共圓。
樽酒論文何日是？
暮雲春樹自年年。

長壽頌（一九八二年一月）〔一〕

七十古稀今不稀〔二〕，人生百歲不爲奇。
永懷秋月當空景〔三〕，長戀春花吐蕊枝〔四〕。
皓首何妨添鶴髮〔五〕，童顏未許見雞皮〔六〕。
每逢對酒當歌日〔七〕，總是歡天喜地時。

瞻望前途樂未央〔八〕，光輝來日慶方長。
籌謀喜逐江流遠，身體欣隨國運昌〔九〕。
逸致閑情陶靖節〔一〇〕，宏勛高壽郭汾陽〔一一〕。
安期彭祖無斯福〔一二〕，四代兒孫進壽觴〔一三〕。

注釋

〔一〕此詩係泛頌長壽，不是專爲頌某一個人而作。

〔二〕七十古稀，見二一四頁《庚申元旦遣興》注四。

〔三〕秋月當空，顧愷之《神情詩》：「秋月揚明輝，冬嶺秀孤松。」

〔四〕春花，又作「春華」，喻青少之年。蘇武《留別妻》詩：「努力愛春華，莫忘歡樂時。」以上兩句是説永遠懷戀青壯年春花秋月的美好時光。

〔五〕皓首，年老白頭。李陵《答蘇武書》：「丁年奉使，皓首而歸。」◎鶴髮，白髮。庾信《竹杖賦》：「子老矣，鶴髮雞皮，蓬頭歷齒。」

〔六〕童顔，老人如同兒童一樣的面容。鮑照《詠蕭史》：「蕭史愛少年，嬴女希童顔。」◎雞皮，指老人皮膚上的皺紋。參見上條注。這兩句是説生逢盛世，雖老而精神愉快，並不服老。

〔七〕對酒當歌，面對酒宴、歌舞。曹操《短歌行》：「對酒當歌，人生幾何？」

〔八〕未央，未盡。《詩經・小雅・庭燎》：「夜如何其，夜未央。」

〔九〕「籌謀」兩句，這兩句寫籌謀遠大，身體隨着國家昌盛而健康。

〔一〇〕陶靖節，晉宋時著名田園詩人陶潛，字淵明，世稱靖節先生。陶潛不願作官，歸於田里，曾作《閑情賦》。

〔一一〕郭汾陽，唐朝名將郭子儀，封汾陽郡王。郭子儀曾參與平定安史之亂，聯合回紇，征討吐蕃，建有大的功勛，而且高壽。

〔一二〕安期，安期生，道家仙人名，見《史記・封禪書》。◎彭祖，古代傳説中長壽之人。《莊子・逍遥遊》：「而彭祖乃今以久特聞。」

〔一三〕壽觴，祝壽之酒。觴，盛酒的器皿。潘岳《閑居賦》：「壽觴舉，慈顔和。」

長壽頌

一九八二年一月

七十古稀今不稀，
人生百歲不爲奇。
永懷秋月當空景，
長戀春花吐蕊枝。
皓首何妨添鶴髮，
童顏未許見雞皮。
每逢對酒當歌日，
總是歡天喜地時。

瞻望前途業未央、
光輝東日慶方長。
籌謀嘉遂江流遠、
身體欣隨國運昌。
逸致閑情陶靖節、
家勤高壽郭汾陽。
安期彭祖無斯福、
四代兒孫進壽觴。

中華書局成立七十周年誌慶（一九八二年）

古籍刊行惠士林〔一〕，五車四庫總高深〔二〕。
法家權術儒家道，亂世危言盛世音〔三〕。
漢賦唐詩傳妙語，潘江陸海溉文心〔四〕。
歷年七十千秋業，偉烈宏猷繼自今〔五〕。

注釋

〔一〕士林，指知識界。
〔二〕五車四庫，見一八九頁《題〈大學圖書館〉》注二。
〔三〕危言，直言，指勸諫之言。《後漢書·黨錮傳》序：「又渤海公孫進階，扶風魏齊卿，並危言深論，不隱豪強。」注：「危言，謂不畏危難而直言也。」
〔四〕潘江陸海，潘指潘岳，陸指陸機，二人都是西晉著名文學家。江海是比喻他們的文才如江如海。鍾嶸《詩品》：「余常言陸才如海，潘才如江。」
〔五〕偉烈，偉大的功業。◎宏猷，宏大的計劃。

中華書局成立七十周年誌慶

一九八二年

古籍刊行惠士林，
五車四庫總高深。
法家權術儒家道，
亂世危言盛世音。
漢賦唐詩傳妙語，
潘江陸海溉文心。
歷年七十千秋業，
偉烈宏猷繼自今。

商務印書館成立八十五周年（一九八二年）

翰墨因緣五十年〔一〕，名山事業賴君宣〔二〕。
印書豈但爲商務〔三〕？製版還看覆古編〔四〕。
歇浦樓高百城擁〔五〕，洛陽紙貴九州傳〔六〕。
俚詩祝嘏將宏願〔七〕，永把斯文播大千〔八〕。

注釋

〔一〕「翰墨」句，這句意思是説，從在商務出版《老子研究》至今，王先生與商務已有五十多年的往來了。

〔二〕名山事業，指著書立説的事業。司馬遷《報任安書》：「僕誠以著此書，藏之名山，傳之其人。」

〔三〕「印書」句，商務印書館初建之時，原意衹是爲了商務。

〔四〕覆古編，指商務印書館影印《四部叢刊》。

〔五〕歇浦樓，指上海閘北涵芬樓，這是商務印書館的圖書樓。歇浦，戰國時楚國春申君黄歇，曾疏鑿港浦，因此有黄歇浦之稱，省稱歇浦，也稱春申江，即今之黄浦江。◎百城擁，指藏書多。《北史·李謐傳》：「每曰：『丈夫擁書萬卷，何假南面百城？』」此句指上海商務印書館涵芬樓藏書甚富。

〔六〕洛陽紙貴，《晉書・左思傳》記載，左思用十年功夫作《三都賦》，不被人重視，及皇甫謐給他作序，張載給他作注，張華稱之爲「班張之流也」。於是，洛陽豪富爭相傳寫，紙價一下子昂貴起來。這裏指文章流行。這句以洛陽比喻北京。指解放後，商務印書館遷北京。

〔七〕俚詩，鄙俗的詩。這裏是王先生對自己詩作的謙稱。◎祝嘏（gǔ），祝福。《禮記・禮運》：「脩其祝嘏，以降上神。」

〔八〕斯文，《論語・子罕》：「天之將喪斯文也，後死者不得與於斯文也。」這裏指文化。◎大千，「大千世界」的省稱，佛教語，指廣大無邊的世界。北齊李清《造報德像碑》：「放光明於大千，燎華燈於深夜。」

商務印書館成立八十五周年

一九八二年

翰墨因緣五十年，
名山事業藉君宣。
印書豈但爲商務，
製版還看覆古編。
歇浦樓高百城擁，
洛陽紙貴九州傳。
俚詩祝嘏將宏願，
永抱斯文攜大千。

贈别曹寶麟步曹生原韻（一九八二年二月）〔一〕

掄才選士憶當初〔二〕，荏苒三年研習俱〔三〕。
書府百城石渠閣〔四〕，文波千頃洞庭湖〔五〕。
要從學海同探賾〔六〕，豈特春山共詠雩〔七〕？
百尺竿頭進一步，龍潭自可得驪珠〔八〕。

附：曹生原詩

贈别了一師

憶從詩律識公初，圭臬無時不與俱。
辱賞微吟瘳病累，蒙憐涸轍措江湖。
謦予楚澤躭烏有，愧子沂濱勗舞雩。
何日歸來重侍坐？恪遵師教更探珠。

注釋

〔一〕曹寶麟爲王力先生的研究生，一九八一年畢業，十一月離京赴蕪湖安徽師大任教。曾寄詩表示願再來京從王先生學習，王先生作此詩回贈。

〔二〕掄才，選擇人才。

〔三〕荏苒，時間漸漸過去。以上兩句回憶研究生録取及學習的情況。

〔四〕百城，見二二三頁《商務印書館成立八十五周年》注五。◎石渠閣，漢代宫中藏書之處。

〔五〕洞庭湖，長江南側湖南境内的中國第一大淡水湖。以上兩句意思是説，要讀的書很多，學問的海洋極爲廣闊。

〔六〕探賾，見一九〇頁《題〈大學圖書館〉》注五。這裏指探討語言學的學術問題。

〔七〕詠雩（yú），《論語・先進》：「莫春者，春服既成，冠者五六人，童子六七人，浴乎沂，風乎舞雩，詠而歸。」曹寶麟詩有「愧子沂濱勗舞雩」之句，所以王先生用了這個典故。以上兩句是希望他把精力多用在語言學的研究上，不要光顧寫詩。

〔八〕得驪珠，《莊子・列御寇》：「河上有家貧恃緯蕭而食者，其子没於淵，得千金之珠。其父謂其子曰：『取石來鍛之。夫千金之珠，必在九重之淵，而驪龍頷下，子能得珠者，必遭其睡也。使驪龍而寤，子尚奚微之有哉？』」這兩句是希望他努力研究學問，自可取得好的成績。

贈別曹寶麟步曹生原韻

一九八二年二月

掄才選士憶當初，
荏苒三年研習俱。
書府百城石渠閣，
文波千頃洞庭湖。
要從學海同探賾，
豈特春山共詠雩？
百尺竿頭進一步，
龍潭自可得驪珠。

附曹生原詩

贈別了一師

憶從詩律識公初，
圭臬無時不與俱。
辱賚微吟療病累，
蒙憐涸轍揩江湖。
警予楚澤訛烏有，
愧予沂濱晶舞雩。
何日歸來重侍坐？
恪遵師教更探珠。

哭元任師（一九八二年二月二十八日）〔一〕

離朱子野遜聰明〔二〕，曠世奇才絶代英〔三〕。
提要鉤玄探古韻〔四〕，鼓琴吹笛譜新聲〔五〕。
劇憐山水千重隔，不厭輶軒萬里行〔六〕。
今後更無青鳥使〔七〕，望洋遥奠倍傷情〔八〕。

注　釋

〔一〕元任，趙元任，美國加州大學教授，著名語言學家，是王力先生一九二六年就讀於清華大學國學研究院時的導師，一九八二年二月不幸逝世。王力先生驚悉噩耗，作此詩悼念。

〔二〕離朱，又稱離婁，傳説中古代眼力最好的人。◎子野，即師曠，晉平公時著名樂師，相傳他最善審音辨律。這句是説趙元任先生耳聰、目明，離朱、師曠也要遜色。

〔三〕曠世，舉世無雙。◎絶代，冠絶當代，並世無雙。

〔四〕提要鉤玄，韓愈《進學解》：「記事者必提其要，纂言者必鉤其玄。」◎探古韻，趙元任先生對漢語音韻學有精深的研究，曾與羅常培、李方桂合譯瑞典漢學家高本漢的《中國音韻學研究》。

〔五〕「鼓琴」句，這句是説，趙先生擅長音樂，譜寫了不少歌曲，著名的有《賣布謡》《叫我如何不想他》等。

〔六〕輶軒，揚雄作《輶軒使者絶代語釋别國方言》，這裏指方言。趙先生多次調查方言，著有《現代吳語的研究》《鍾祥方言記》《湖北方言調查報告》。

〔七〕青鳥使，指元任先生印寄的一種緑色的信（green letters），每十年一次，寄給不常見面的朋友。

〔八〕望洋，望着海洋，這裏是兩個詞，不是聯綿字「望洋」的意思。

哭元任師

一九八二年二月二十八日

離朱子野遜聰明，
曠世奇才絕代英。
提要鉤玄探古韻，
鼓琴吹笛譜新聲。
劇憐山水千重隔，
不厭輶軒萬里行。
今後更無青鳥使，
望洋遙奠倍傷情。

北京大學招生感賦（一九八二年三月）

瀲灩湖光一鑑開〔一〕，紅樓舊譽育英才〔二〕。
雕龍要用昆岡玉〔三〕，立柱當求泰嶽材〔四〕。
春圃繁花資雨露〔五〕，神州生氣恃風雷〔六〕。
握瑜懷瑾荆州識〔七〕，雁塔題名亦壯哉〔八〕！

注釋

〔一〕瀲灩湖光，指北大校園内的未名湖。瀲灩，水波蕩漾的樣子。蘇軾《飲湖上初晴後雨》詩：「水光瀲灩晴方好，山色空濛雨亦奇。」◎一鑑開，朱熹《觀書有感》：「半畝方塘一鑑開，天光雲影共徘徊。」

〔二〕紅樓，指北大原校址沙灘紅樓。

〔三〕雕龍，指培養人才。◎昆岡玉，好玉。這裏比喻好苗子。《史記·李斯列傳》：「今陛下致昆山之玉，有隨和之寶。」正義：「昆岡在于闐國東北四百里，其岡出玉。」

〔四〕泰嶽，東岳泰山。這兩句是説要培養好的人材，一定要有好的材料，強調招生工作的重要。

〔五〕資，依賴。

〔六〕恃風雷，指依靠變革。見一五四頁《題〈大學生〉》注七。

〔七〕握瑜懷瑾，屈原《九章·懷沙》：「懷瑾握瑜兮，窮不知所示。」喻有好的品德和才識。◎荊州識，李白《與韓荊州書》：「生不用封萬户侯，但願一識韓荊州。」韓荊州指唐玄宗時荊州刺史韓朝宗。這裏指被學校賞識而録取。

〔八〕雁塔題名，唐代新取的進士在曲江宴後，在雁塔題名。後來指考中進士。這裏指考上大學。

北京大學招生感賦

一九八二年三月

潋灔湖光一鑑開，
紅樓舊譽育英才。
雕龍要用昆岡玉，
立柱當求泰嶽材。
春圃繁花資雨露，
神州生氣恃風雷。
握瑜懷瑾荆州識，
雁塔題名亦壯哉！

送袁行霈赴日講學（一九八二年四月）〔一〕

東渡憐君兩鬢斑，送行何必唱陽關〔二〕？
細評月旦文壇上〔三〕，坐擁皋比廣廈間〔四〕。
興至驅車飲銀座〔五〕，閑來躡屐訪嵐山〔六〕。
明年今日重相見，名播扶桑載譽還。

注釋

〔一〕袁行霈，時爲北京大學中文系副教授，一九八二年四月應邀赴日本講學。

〔二〕唱陽關，王維《渭城曲》：「勸君更進一杯酒，西出陽關無故人。」袁行霈行前曾寫詩捨不得走，所以王先生這樣説。

〔三〕月旦，指評品人物。《後漢書·許劭傳》：「初，劭與靖（劭從兄）俱有高名，好共核論鄉黨人物，每月輒更其品題，故汝南俗有月旦評焉。」南朝梁劉峻《廣絶交論》：「近世有樂安任昉……雌黄出其脣吻，朱紫由其月旦。」

〔四〕皋比（pí），虎皮椅子。指老師的座席。這兩句説講學。

〔五〕銀座，東京繁華區。

〔六〕躡屐，踏着木屐。◎嵐山，日本京都風景區，有周恩來總理詩碑。

送袁行霈赴日講學

一九八二年四月

東渡攜君兩鬢斑，
送行何必唱陽關？
細評月旦文壇上，
坐擁皋比廣廈間。
興至驅車飲銀座，
閑來躡屐訪嵐山。
明年今日重相見，
名播扶桑載譽還。

題《語海新探》（一九八二年四月）〔一〕

羨君語海共探奇，索隱鉤深乙乙思〔二〕。

稷下遺風應未泯〔三〕，願聞高論瀹新知〔四〕。

注釋

〔一〕山東語言學會出版語言學論文集《語海新探》，請王力先生題詞。王先生寫了這首詩。◎語海，指語言學領域。

〔二〕索隱，求索隱微的道理。◎鉤深，探取深處的道理。《周易・繫辭上》：「探賾索隱，鉤深致遠。」◎乙乙（yàyà），難出的樣子。陸機《文賦》：「理翳翳而愈伏，思乙乙其若抽。」

〔三〕稷下，見一三五頁《水龍吟》注三。因爲《語海新探》是山東的刊物，所以用「稷下」爲喻。

〔四〕瀹（yuè），疏導。

題「語海新探」

一九八二年四月

羨君語海共探奇，
索隱鈎深乙乙思。
稷下遺風應未泯，
頓聞高論瀹新知。

葉聖陶先生過訪（一九八二年四月二十三日）〔一〕

長者過從倒屣迎〔二〕，卅年舊雨見深情〔三〕。
漫嗟眼底雲旗掩〔四〕，且喜胸中水鏡清〔五〕。
月旦否臧高下判〔六〕，陽秋褒貶是非明〔七〕。
良辰晤對真堪記，滿座春風拂面輕〔八〕。

附：聖陶先生和詩〔九〕

常惜相逢唯執手〔一〇〕，更欣促膝得傾談。
賞心樂事當宵記〔一一〕，重訪燕園四二三。
尊嫂情殷寵錫加〔一二〕，星洲糖果日邦茶〔一三〕。
同堂四代分嘗刻，可想而知歡笑譁〔一四〕。

注釋

〔一〕一九八二年四月二十三日，葉聖陶先生到王力先生家做客，二老暢談，其情甚篤。

〔二〕過從，指走訪。過，讀平聲(guō)。◎倒屣，屣，鞋子。古人脱鞋席地而坐，有客人來，急於出迎，將鞋穿倒。後用來形容熱情迎客。《三國志·魏書·王粲傳》：「聞粲在門，倒屣迎之。」

〔三〕卅年，王先生一九五一年與葉老初次見面，到寫詩時已有三十年的交往，情意極深。◎舊雨，杜甫《秋述》：「秋，杜子卧病長安旅次，多雨生魚，青苔及榻，常時車馬之客，舊，雨來；今，雨不來。」後用來指老朋友。

〔四〕雲旗掩，這裏指眼花，看不清東西了。雲旗，屈原《離騷》：「駕八龍之婉婉兮，載雲旗之委蛇。」

〔五〕水鏡清，蘇軾《次韻僧潛見贈》：「道人胸中水鏡清，萬象起滅無逃形。」這裏指頭腦清楚。

〔六〕月旦，指文藝批評。◎否臧，品評。張衡《西京賦》：「街談巷議，彈射臧否，剖析毫釐，擘肌分理。」杜甫《贈秘書監江夏李公邕》詩：「否臧太常議。」

〔七〕陽秋，《晉書·褚裒傳》：「裒少有簡貴之風。……譙國桓彝見而目之曰：『季野有皮裏陽秋。』言其外無臧否，而内有所褒貶也。」原作「皮裏春秋」，晉人避諱，以「陽」代「春」。以上兩句的意思是在談話中曾品評文學及歷史上的人物。

〔八〕春風，朱熹《近思録》：「朱公掞見明道於汝，歸，謂人曰：『光庭在春風中坐了一個月。』」這裏指得到葉老的教益和熏陶。

〔九〕葉老接王先生詩後，寫了這首和詩，寄給王先生。

〔一〇〕「常惜」句，這句是説以前在公開場合相見，衹匆匆握手寒暄，不及深談。

〔一一〕當宵記，葉老當晚寫日記時，就把這次相見記下來了。

〔一二〕寵錫，恩賜。

〔一三〕「星洲」句，這句是説，當時王夫人曾拿出馬來糖果和日本茶葉招待葉老，並贈送給他。

〔一四〕「同堂」兩句，這兩句是説，葉老帶回茶、糖，子孫四代同堂共享。

葉聖陶先生過訪

一九八二年四月二十三日

長者過從倒屣迎，
卅年舊雨見深情。
漫嗟眼底雲旗掩，
且喜胸中水鏡清。
月旦否臧高下判，
陽秋褒貶是非明。
良辰晤對真堪記，
滿座春風拂面輕。

附：望陶先生和詩

常偕相逢唯執手，
更欣促膝得傾談。
賞心樂事當宵記，
重訪燕園四、二三。

尊嫂情殷寵錫加，
星洲糖果日邦茶。
同堂四代分嘗刻，
可想而知歡笑譁。

題嶽麓書院（一九八二年五月）〔一〕

白鹿嵩陽共抗衡〔二〕，東萊元晦與齊名〔三〕。
麓山岌岌雲呈瑞〔四〕，湘水泱泱木向榮〔五〕。
絳帳朱帷論學處〔六〕，花香鳥語讀書聲。
育才自有無窮樂，莫羨王侯鄙舌耕〔七〕。

注釋

〔一〕一九八二年五月，湖南大學來人云，將重建嶽麓書院，並鐫刻歷代名人書法，請王力先生寫詩。王先生寫此詩贈他們。◎嶽麓書院，宋潭州太守朱洞所建，宋代四大書院之一。乾道初（一一六五— ）劉珙重建，命學者張栻主持書院。栻嘗與朱熹論學於此。故址在長沙市西，嶽麓山下。

〔二〕白鹿嵩陽，即白鹿洞書院和嵩陽書院，與嶽麓書院、睢陽書院合稱宋代四大書院。宋朱熹曾在白鹿洞書院講學。

〔三〕東萊，南宋哲學家、文學家呂祖謙，人稱東萊先生。◎元晦，宋代大學問家朱熹，字元晦。張栻與朱熹、呂祖謙爲講學之友，時稱「東南三賢」。

〔四〕岌岌，高聳的樣子。◎呈瑞，顯出祥端。

〔五〕泱泱，深廣的樣子。

〔六〕絳帳，講學處。《後漢書·馬融傳》：「馬融坐高堂，施絳紗帳，前授生徒，後列女樂。」

〔七〕舌耕，指教育。晉代王嘉《拾遺記》：「（賈逵）門徒來學，不遠萬里，或襁負子孫，舍於門側，皆口授經文，贈獻者積粟盈倉。或云：逵非力耕所得，誦經口倦，世所謂舌耕也。」

題嶽麓書院

一九八二年五月

白鹿嵩陽共抗衡，
東萊元晦與齊名。
麓山岌岌雲呈瑞，
湘水泱泱木向榮。
絳帳朱帷論學處，
花香鳥語讀書聲。
育才自有無窮樂，
莫羨王侯鄙吾耕。

觀四折帶式舟橋彙報表演（一九八二年五月二十七日）〔一〕

浮橋新製有舟橋〔二〕，勁旅昂藏戰馬驕〔三〕。
鐵艦衝波四疊闊〔四〕，連環接岸百尋遥〔五〕。
牛郎得渡何煩鵲？壯士知津豈問樵〔六〕？
從此更無天塹險，神兵破敵不崇朝〔七〕。

注釋

〔一〕一九八二年五月，全國政協組織在京委員觀看人民解放軍軍事表演。王力先生觀看了四折帶式舟橋的表演，很高興，寫了這首詩。後來，在全國政協五屆第十九次常委會議通過的《關於政協委員在京參觀視察國防建設和科學發展情況的報告》中，引用了這首詩。

〔二〕舟橋，指四折帶式舟橋，也就是新式的軍用浮橋。

〔三〕昂藏，軒昂，英雄氣概的樣子。

〔四〕四疊闊，四塊鋼板疊成一整塊，放到水裏以後，就攤開成爲四塊。

〔五〕連環，這裏指攤開的許多鋼板連接起來。◎百尋，八尺爲一尋，百尋則八百尺。這裏是約數，指搭成很長的橋。

〔六〕知津，知道渡口。《論語・微子》：「長沮、桀溺耦而耕，孔子過之，使子路問津焉。長沮曰：『夫執輿者爲誰？』子路曰：『爲孔丘。』曰：『是魯孔丘與？』曰：『是也。』曰：『是知津矣。』」◎問樵，王維《終南山》：「欲投人處宿，隔水問樵夫。」

〔七〕崇朝，終朝，從天亮到早飯之間，極言時間之短。《詩經・衛風・河廣》：「誰謂宋遠，曾不崇朝！」

觀四折帶式舟橋彙報表演

一九八二年五月二十七日

浮橋新製有舟橋，
勁旅昂藏戰馬驕。
鐵艦衝波四疊闕，
連環接岸百尋遙。
牛郎得渡何煩鵲？
壯士知津豈問樵？
從此更無天塹險，
神兵破敵不崇朝。

觀火箭布雷與爆破彙報表演（一九八二年五月二十八日）〔一〕

虎旅鷹揚勁敵摧，壯觀都到眼前來。
天驕漫詡車裝甲〔二〕，火箭能令地布雷。
弩發光穿冒煙處，彈飛聲撼閱兵臺。
金甌無缺山河固〔三〕，百萬貔貅奏凱回〔四〕。

注釋

〔一〕一九八二年五月二十八日，王先生觀看了火箭布雷與爆破表演，寫下了這首詩。

〔二〕天驕，《漢書·匈奴傳》：「南有大漢，北有強胡。胡者，天之驕子也。」原指匈奴，這裏指帝國主義。◎漫詡，徒誇。◎車裝甲，指坦克。

〔三〕金甌，指國家。《南史·朱異傳》：「我國家猶若金甌，無一傷缺。」

〔四〕貔貅，原是古書上所說的猛獸，後用來指勇猛的軍士。《晉書·熊遠傳》：「命貔貅之士，鳴檄前驅。」

觀火箭布雷與爆破案報表演

一九八二年五月二十八日

虎旅鷹揚勁敵摧，
壯觀都到眼前來。
天驕漫詡車裝甲，
火箭能令地布雷。
弩發光穿冒煙霧，
彈飛箭撼閱兵臺。
全甌無缺山河固，
百萬貔貅奏凱回。

影印舊作《中國古文法》（一九八二年）〔一〕

窗稿初成盥手呈〔二〕，嚴師指點破頑冥〔三〕。
「精思妙悟」卷頭語〔四〕，「有」易「無」難座右銘〔五〕。
頗信椎輪能作始〔六〕，敢誇肯綮未嘗經〔七〕？
兩師手澤應珍惜〔八〕，不忍摧燒覆醬瓶〔九〕。

注釋

〔一〕《中國古文法》是王力先生在清華大學國學研究院讀研究生時的畢業論文，上邊有導師梁啟超、趙元任的很多批語。王先生考慮到這些批語對指導研究生如何寫畢業論文很有價值，願意把它發表。山西人民出版社決定影印出版。

〔二〕窗稿，古人稱學生的習作爲窗稿。◎盥手呈，表示恭敬。盥手，洗手。這句指王先生的論文寫成後，呈請梁任公、趙元任兩師評閱。

〔三〕嚴師指點，指梁啟超、趙元任二先生看過此文，加有不少批語。

〔四〕精思妙悟，指任公先生在王力先生論文的卷面上作「精思妙悟，爲斯學辟一新途徑」的批語。

〔五〕「有」易「無」難，指元任先生在論文上所作眉批：「言有易，言無難！」

〔六〕椎輪，原始的無輻車輪。蕭統《文選序》：「若夫椎輪爲大輅之始，大輅寧有椎輪之質。」後用來指事物的草創。

〔七〕肯綮未嘗經，《莊子·養生主》：「技經肯綮之未嘗，而況大軱乎？」這兩句是説，我同意出版舊稿，不是因爲它有什麽高明之處。

〔八〕手澤，手上的汗，這裏指梁、趙二師的遺墨。

〔九〕摧燒，漢樂府《有所思》：「何用問遺君？雙珠瑇瑁簪，用玉紹繚之。聞君有他心，拉雜摧燒之。摧燒之，當風揚其灰。」◎覆醬瓶，見二〇一頁《自題詩集》注三。

影印舊作「中國古文法」

一九八二年

窗稿初成盥手呈，
嚴師指點破頑冥。
「精思妙悟」卷頭語，
「有易無難」座右銘。
賴信推輪能作始，
敢誇肯綮未曾經？
兩師手澤應珍惜，
不忍摧燒覆醬瓶。

旅遊詩——爲侶松園賓館作（一九八二年六月）〔一〕

計程足跡遍神州〔二〕，萬里江山汗漫遊〔三〕。
東嶽棲遲海出日〔四〕，西湖容與水涵秋〔五〕。
清渠飛瀑經君眼，寶刹靈巖入我眸〔六〕。
從此胸襟應更闊，便將咫尺視寰球〔七〕。

注釋

〔一〕侶松園賓館是共青團中央旅遊部辦的一家賓館。一次，王力先生在這裏參加會議，賓館負責人請王先生爲他們題匾並題詞，王先生因此寫了這首詩。

〔二〕計程，計算行程。

〔三〕汗漫，廣泛，漫無邊際。

〔四〕東嶽，泰山。◎棲遲，遊息。《詩經·陳風·衡門》：「衡門之下，可以棲遲。」

〔五〕容與，輕舟起伏的樣子。屈原《九章·涉江》：「船容與而不進兮。」

〔六〕寶刹，原指佛塔，後泛指佛寺。◎靈巖，指山寺。駱賓王《冬日野望》詩：「靈巖聞曉籟，洞浦漲秋潮。」又，山名，在江蘇吳縣西。張繼《遊靈巖》詩：「靈巖有路入煙霞，臺殿高低釋子家。」

〔七〕咫尺，很近的距離。這兩句是説，旅遊各地之後，寰球各處就都像近在咫尺了。

旅遊詩——爲侶松園賓館作

一九八二年六月

計程足跡遍神州，
萬里江山汗漫遊。
東嶽樓邊海出日，
西湖容與水涵秋。
清渠飛瀑經君眼，
寶刹靈巖入我眸。
從此胸襟應更闊，
便將遐及視寰球。

題《神州吟——海峽兩岸唱和詩選》(一九八二年七月)〔一〕

壯歲離家老未回〔二〕，卅年懸榻待君來〔三〕。
秦陵巨俑臨潼出〔四〕，巫峽新容葛壩開〔五〕。
海角久無歸客棹〔六〕，天涯應有望鄉臺〔七〕。
何時陶令辭彭澤〔八〕？莫任階除長緑苔〔九〕！

注釋

〔一〕中央人民廣播電臺對臺部編印《海峽兩岸唱和詩選》，選大陸、臺灣各界人士詩詞若干首。他們請王力先生寫序，王先生作此詩以代序。

〔二〕「壯歲」句，效賀知章《回鄉偶書》「少小離家老大回」句式。

〔三〕懸榻，《後漢書·徐稚傳》：「(陳)蕃在郡不接賓客，惟稚來，特設一榻，去則縣之。」以上兩句意思是，從大陸去臺灣的人士到老還未歸，祖國人民希望你們回來，已經等了三十多年。

〔四〕「秦陵」句，這句説臨潼出土秦陵兵馬俑。

〔五〕「巫峽」句，這句説長江新建了葛洲壩水利樞紐工程。以上兩句寫國家對古代文物的重視和經濟建設的成就。

〔六〕海角，指大陸沿海。◎歸客棹，指從臺灣歸鄉的船隻。

〔七〕天涯，指臺灣。◎望鄉臺，古人遠離故里，或久戍不歸，常築臺以眺望家鄉，稱此種臺爲望鄉臺。王勃《九日登高》詩：「九月九日望鄉臺，他席他鄉送客杯。」這句寫臺灣的大陸人士很想念故鄉。

〔八〕陶令，指陶淵明。陶淵明曾作彭澤令，後辭官歸里。李白《口號贈徵君鴻》詩：「陶令辭彭澤，梁鴻入會稽。我尋高士傳，君與古人齊。」

〔九〕階除，臺階。以上兩句是希望去臺人士回大陸故鄉。

題「神州吟——海峽兩岸唱和詩選」

一九八二年七月

廿歲離家老未回，
卅年懸榻待君來。
秦陵巨俑臨潼出，
巫峽新容葛壩開。
海角久無歸客棹，
天涯應有望鄉臺。
何時陶令辭彭澤？
莫任階除長綠苔！

送吳德安赴美留學（一九八二年七月）〔一〕

吟詩要學李清照〔二〕，敘事當師喬治桑〔三〕。
待汝中西融會後，發揮靈感更芬芳〔四〕。

注釋

〔一〕吳德安是北京大學中文系一九七八級學生，一九八二年七月自費赴美留學，請王力先生題詞留念。王先生作此詩贈她。

〔二〕李清照，我國宋代著名女詞人。

〔三〕喬治桑（George Sand 一八〇四—一八七六），法國著名女小説家。

〔四〕靈感（inspiration），指文藝家突然涌現的富有創造性的思路。

送吴德安赴美留學

一九八二年七月

吟詩要學李清照，
叙事當師高治桑。
待汝中西融會後，
發揮靈感更芬芳。

題秦陵兵馬俑（一九八二年八月）〔一〕

昔仰神威制六合〔二〕，今看兵馬護陵園〔三〕。
秦皇雄略今猶在，豈懼匈奴與北番〔四〕！

注釋

〔一〕王力先生一九八二年八月去西安參加中國音韻學會年會，參觀了臨潼秦始皇兵馬俑陳列館和乾縣乾陵、西安茂陵等文物古迹。

〔二〕六合，天地四方。賈誼《過秦論》：「及至始皇，……履至尊而制六合。」李白《古風》之三：「秦王掃六合，虎視何雄哉！」

〔三〕兵馬護陵園，秦始皇墓的兵馬俑象徵軍隊保護陵墓。

〔四〕北番，北方的番國。

題秦陵兵馬俑

一九八二年八月

昔仰神威制六合，
今看兵馬護陵園。
秦皇雄略今猶在，
豈懼匈奴與北番！

題霍去病墓石刻（一九八二年八月）〔一〕

搏獸豪情拔山力〔二〕，驅將駿馬踏匈奴〔三〕。
男兒要有凌雲志〔四〕，不學嫖姚非丈夫〔五〕！

注釋

〔一〕霍去病，漢武帝時人，伐匈奴有功，封驃騎將軍、冠軍侯。武帝曾經爲他準備房舍，霍去病說：「匈奴未滅，何以家爲？」霍去病墓在西安茂陵。

〔二〕搏獸，霍墓石刻有力士搏熊。◎拔山力，《史記·項羽本紀》：「於是項王乃悲歌忼慨，自爲詩曰：『力拔山兮氣蓋世，時不利兮騅不逝。』」

〔三〕駿馬踏匈奴，霍墓石刻有馬踏匈奴。

〔四〕凌雲志，見一六五頁《題〈文史知識〉》注七。

〔五〕嫖姚，指霍去病。霍去病曾作嫖姚校尉。杜甫《後出塞》：「借問大將誰？恐是霍嫖姚！」

題霍去病墓石刻

一九八二年八月

搏獸豪情拔山力，
驅將駿馬踏匈奴。
男兒要有淩雲志，
不學嫖姚非丈夫！

遊承德（一九八二年八月）

枕山帶水宿離宮〔一〕，彼岸巍峩佛殿崇〔二〕。
面對晨曦看石挺〔三〕，心懷天籟聽松風〔四〕。
觀音千手軀何偉〔五〕！菩薩三身貌不同〔六〕。
最是令人欽武烈〔七〕，碑文四體紀豐功〔八〕。

注　釋

〔一〕枕山帶水，承德避暑山莊東有天橋山、磬錘峰、蛤蟆石、羅漢山，南有僧帽峰，西有廣仁峰、元寶山、雙塔山。又有武烈河從山莊的東邊流過。◎離宮，行宮，這裏指避暑山莊。王先生遊承德時即住在避暑山莊暢遠樓。

〔二〕佛殿，指避暑山莊外八處（俗稱外八廟），包括普陀宗乘之廟（俗稱小布達拉宮）、普寧寺（俗稱大佛寺）、須彌福壽之廟、普樂寺等。

〔三〕石挺，即磬錘峰，又名棒錘山。《水經注》稱爲「石挺」。

〔四〕天籟，自然界的聲音，如風聲、鳥聲、流水聲等。《莊子·齊物論》：「女聞人籟，而未聞地籟；女聞地籟，而未聞天籟夫。」◎松風，避暑山莊有一座建築名爲「萬壑松風」，王先生所宿的暢遠樓即在其側。

〔五〕觀音千手，普寧寺主體是大乘之閣，閣内有千手千眼觀音，高達二十二點二八米。

〔六〕三身，佛教稱法身、受用身、變化身爲三身。這裏指釋迦牟尼三世佛，即過去世、現在世、未來世。

〔七〕武烈，指武功。《後漢書·馮衍傳》：「衍上書陳八事，其一曰顯文德，其二曰褒武烈。」承德有武烈河，因清康熙、乾隆的武功得名。

〔八〕碑文四體，普寧寺山門内正北是碑閣，閣内立三塊石碑，中爲《普寧寺碑文》，兩側是《平定準噶爾勒銘伊犁之碑》和《平定準噶爾後勒銘伊犁之碑》。這些碑文都是用漢、滿、蒙、藏四種文字寫成的。

遊承德

一九八二年八月

棒山帶水宿離宮，
依岸巍峩佛殿崇。
面對晨曦看石挺，
心懷天籟聽松風。
觀音千手軀何偉！
菩薩三身貌不同。
最是令人欽武烈，
碑文四體紀豐功。

慶祝黨的十二大召開（一九八二年九月一日）

光榮偉大主浮沉〔一〕，億兆蒼生感戴深〔二〕。
黨運從來關國運〔三〕，民心可以見天心〔四〕。
百花喜遇春時雨，五穀欣逢旱後霖。
自是中興新氣象，空前團結正當今。

注釋

〔一〕主浮沉，主宰國家民族的命運。毛澤東《沁園春·長沙》詞：「問蒼茫大地，誰主沉浮？」

〔二〕蒼生，指人民。

〔三〕黨運，黨的命運。◎國運，國家的命運。

〔四〕天心，天帝的心意。《尚書·咸有一德》：「克享天心，受天明命。」

慶祝黨的十二大召開

一九八二年九月一日

光榮偉大主浮沉，
億兆蒼生感戴深。
黨運從來關國運，
民心可以見天心。
百花喜遇春時雨，
五穀欣逢旱後霖。
自是中興新氣象，
空前團結正當今。

中秋後二日登萬壽山佛香閣（一九八二年十月三日）〔一〕

斜上坡陀十里遥〔二〕，嶮巇直落百尋高〔三〕。
萬千遊客心胸闊，八二衰翁膽氣豪〔四〕。
絶巘排雲參古佛〔五〕，明湖縱目看輕舠〔六〕。
兒孫簇擁添遊興，半日扶筇不覺勞〔七〕。

注　釋

〔一〕夏歷八月十七日，王力先生偕夫人及兒孫十數人，共遊頤和園，登上萬壽山頂的佛香閣。

〔二〕「斜上」句，王先生從諧趣園沿東坡登頂，山勢雖緩，但路途較長。◎坡陀，路不平坦。韓愈《記夢》詩：「石壇坡陀可坐卧，我手承頦肘拄座。」

〔三〕嶮巇（xiǎnxī），山勢險峻的樣子。這句是説從佛香閣下山，直上直下，石階很陡、很高。◎尋，古八尺爲一尋。

〔四〕八二衰翁，王先生時年八十二歲。

〔五〕絶巘，陡峭的山峰。◎排雲，指山勢高峻，把雲都排開了。佛香閣下的排雲殿即由此命名。

〔六〕明湖，指萬壽山對面的昆明湖。◎舠（dāo），刀形小船，這裏指遊艇。

〔七〕筇（qióng），竹名。這種竹子可以做杖。這裏指竹杖。黄庭堅《次韻德儒五丈新居並起》詩：「稍喜過從近，扶筇不駕車。」

中秋後二日登萬壽山佛香閣

一九八二年十月三日

斜上坡陀十里遥，
嶮巇直落百尋高。
萬千遊客心胸闊，
八二衰翁膽氣豪。
絕巘排雲參古佛，
明湖縱目看輕舠。
兒孫簇擁添遊興，
半日扶筇不覺勞。

題學海社（一九八二年十月）〔一〕

醉心五典與三墳〔二〕，結社鑽研賴有群。
偉矣史遷探禹穴〔三〕，壯哉平子測天文〔四〕。
騁懷學海揚帆遠，遊目書林用力勤。
舉世幾人知此樂？仰高宜有盪胸雲〔五〕。

注　釋

〔一〕學海社，爲北京大學中文系、歷史系、圖書館學系同學自發組織的學術團體。它以研究我國古代文化遺産爲宗旨，出版刊物《學海》。王力先生是該社名譽顧問。

〔二〕五典、三墳，傳説中我國最古老的書籍。《左傳·昭公十二年》：「是能讀三墳、五典、八索、九丘。」

〔三〕史遷探禹穴，史遷即司馬遷。《史記·太史公自序》：「遷生龍門……年十歲則誦古文。二十而南遊江、淮，上會稽，探禹穴……」據《吴越春秋》云：「禹乃登宛委之山（會稽山之一峰），發石，乃得金簡玉字，似水泉之脈。山中又有一穴，深不見底，謂之禹穴。史遷云『上會稽，探禹穴』即此穴也。」這句話的意思是，要像司馬遷不辭辛勞，探求古代文化那樣，孜孜不倦地鑽研我國優秀的文化遺産。

〔四〕平子測天文，東漢科學家、文學家張衡，字平子。他精通天文曆算，創製世界上最早測定地震的候風地動儀和利用漏壺滴水轉動齒輪的渾天儀。

〔五〕仰高，《詩經·小雅·車舝》：「高山仰止。」孔穎達疏：「於古人有高顯之德如山者，則慕而仰之。」◎盪（蕩）胸雲，杜甫《望岳》詩：「蕩胸生層雲，決眦入歸鳥。」這句詩的意思是，攀登科學高峰要有雄心壯志。

題「学海社」

一九八二年十月

醉心五典與三墳，
結社鑽研賴有群。
偉矣史遷探禹穴，
壯哉平子測天文。
騁懷学海揚帆遠，
游目書林用力勤。
舉世幾人知此樂？
仰高宜有盪胸雲。

欣聞水上發射運載火箭成功（一九八二年十月）〔一〕

雲霄響徹國歌聲，劃破長空一綫明。
豈靠軍威示強大？要將武備保和平。
千鈞運載飛鳴鏑〔二〕，萬里奔騰走遠程。
一箭打開新局面，全民喝彩謝群英。

注　釋

〔一〕一九八二年十月十六日，我國在海上發射運載火箭成功，它標志着我國運載火箭技術又有了新的發展。

〔二〕鳴鏑，響箭。射出時，箭頭發出響聲。這裏比喻火箭。

欣聞水上發射運載火箭成功

一九八二年十月

雲霄響徹凱歌聲，
劃破長空一綫明。
豈靠軍威示強大？
要將武備保和平。
千鈞運載飛鳴鏑，
萬里奔騰走遠程。
一箭打開新局面，
全民喝彩謝群英。

幼孫（一九八二年十月）

老幼相差八十年，童顔白髮兩相憐。
出門頻把爺爺喚，領路常將奶奶牽。
手按鰲頭騎石上〔一〕，掌摩貓背戲階前。
兒歌唱了聽音樂，倦抱麒麟自在眠〔二〕。

注釋

〔一〕鰲頭，背馱石碑的龜頭。
〔二〕麒麟，指兒童玩具長頸鹿。

幼孫

一九八二年十月

老幼相差八十年，
童顔白髮兩相憐。
出門頻把爺爺喚，
領路常將奶奶牽。
手按鰲頭騎石上，
掌摩貓背戲階前。
兒歌唱了聽音樂，
倦抱麒麟自在眠。

遊寒山寺即興（一九八二年十一月四日）〔一〕

寒山古寺想當年，夜半鐘聲到客船〔二〕。
今日老僧親鼓考〔三〕，多情祝我壽緜緜。

注　釋

〔一〕寒山寺，在蘇州市西楓橋附近。相傳唐代詩僧寒山、拾得二人在此住過，因以得名。

〔二〕夜半句，唐代張繼《楓橋夜泊》詩：「月落烏啼霜滿天，江楓漁火對愁眠。姑蘇城外寒山寺，夜半鐘聲到客船。」

〔三〕老僧，指寒山寺的長老。王先生遊寒山寺，長老請他登上鐘樓，爲他撞鐘祝壽。◎鼓考，敲鐘。《詩經·唐風·山有樞》：「子有鐘鼓，弗鼓弗考。」

遊寒山寺即興

一九八二年十一月四日

寒山古寺想當年，
夜半鐘聲到客船。
今日老僧親鼓考，
多情祝我壽緜緜。

參觀蘇州刺繡研究所（一九八二年十一月六日）

妙哉奇巧奪天工〔一〕，綵綫秋毫明察中〔二〕。
貓眼卅針繡深緑〔三〕，藤花一架襯嫣紅〔四〕。
雙姝顧盼姿偏好〔五〕，五鼠縱横態不同〔六〕。
疑是上蒼來織女〔七〕，纖纖素手織玲瓏〔八〕。

注釋

〔一〕巧奪天工，人工之巧，勝過天然。元趙孟頫詩：「人間巧藝奪天工。」

〔二〕秋毫，鳥獸到秋天長出的新絨毛，末端極細，稱作秋毫。這裏的秋毫比喻極細的彩綫。《孟子·梁惠王上》：「明足以察秋毫之末。」

〔三〕「貓眼」句，刺繡的畫面是生動活潑的貓。一只貓眼睛要用十八根至二十六根不同顏色的彩綫刺繡，這裏説卅針，是取其整數。

〔四〕「藤花」句，刺繡的畫面是一架豔麗的藤花。◎嫣紅，姣豔的紅色。

〔五〕雙姝（shū）句，刺繡的畫面是兩個多姿的美女，據説繡的是湘君娥皇、女英。姝，美女。

〔六〕「五鼠」句，刺繡的畫面是五隻姿態各異的松鼠。

〔七〕　上蒼，天上。

〔八〕　纖纖素手，細長潔白的手。《古詩十九首》：「迢迢牽牛星，皎皎河漢女。纖纖擢素手，札札弄機杼。」

參觀蘇州刺繡研究所

一九八二年十一月六日

妙哉奇巧奪天工，
綵綫秋毫明察中。
貓眼卅針繡深綠，
藤花一架襯嫣紅。
雙妹顧盼姿偏好，
五鼠縱橫態不同。
疑是上蒼來織女，
纖纖素手織玲瓏。

政協五屆全國委員會第五次會議（一九八二年十一月二十四日）

照人肝膽仰高風，國運興衰榮辱同〔一〕。
大計協商籌善策，宏謀共議建新功。
雲鵬展翅聲威振〔二〕，天馬行空氣勢雄〔三〕。
屈指廿年成偉業，兩番産值屬農工〔四〕。

注　釋

〔一〕「肝膽、榮辱」兩句，指中國共産黨提出的「長期共存，互相監督」，「肝膽相照，榮辱與共」的統一戰綫工作方針。◎高風，高尚的品格。夏侯湛《東方朔畫贊序》：「睹先生之縣邑，想先生之高風。」

〔二〕「雲鵬」句，《莊子·逍遥遊》：「鵬之背，不知其幾千里也；怒而飛，其翼若垂天之雲。」

〔三〕天馬行空，神馬馳騁於太空。這裏指氣勢大。劉廷振《薩天錫詩集序》：「其所以神化而超出於衆者，殆猶天馬行空而步驟不凡。」

〔四〕「兩番産值」句，指中國共産黨十二次全國代表大會提出的在本世紀末實現工農業的年總産值翻兩番的奮鬥目標。

政協五屆全國委員會第五次會議

一九八二年十一月二十四日

照人肝膽仰高風，
國運興衰榮辱同。
大計協商籌善策，
宏謀共議建新功。
雲鵬展翅聲威振，
天馬行空氣勢雄。

屈指廿年成偉業、
兩番產值屬農工。

贈緝志〔一〕

不負當年屬望殷〔二〕，精研周髀作疇人〔三〕。
霜蹄未憚征途遠〔四〕，電腦欣看技術新。
豈但謀生足衣食，還應服務爲人民。
願兒更奮垂天翼〔五〕，勝似斑衣娱老親〔六〕。

甲子大雪前五日書贈緝志兒存念

王力時年八十有五

注　釋

〔一〕一九八四年，我從原單位冶金部自動化研究所辭職下海，參加了萬潤南創辦的四通公司，成爲四通的創始人之一，後來當了四通的總工程師，主持開發了四通的拳頭產品：四通中文文字處理機。當年進四通不久，父親爲了鼓勵我，就寫了這首詩(可惜四通的產品開發成功的時候，我父親已經去世了)。

〔二〕没有辜負當年對你的殷切囑望。屬，即「囑」。

〔三〕周髀，指《周髀算經》，中國古代著名的數學著作。◎疇人，指數學工作者。因爲我是北大數學系畢業的，所以有此句。

〔四〕「霜蹄」句，走了很多路還是不怕征途遠。霜蹄，走了很多路。◎未憚，不怕。

〔五〕垂天翼，鯤鵬的大翅膀。源自莊子的《逍遥遊》：「北冥有魚，其名爲鯤。鯤之大，不知其幾千里也。化而爲鳥，其名爲鵬。鵬之背，不知其幾千里也；怒而飛，其翼若垂天之雲。」

〔六〕斑衣娱親，春秋時期有個很孝順的楚國人叫老萊子，在老父親過九十歲生日的時候，已經七十多歲的他故意穿上花衣服（斑衣）在父親面前跳舞來逗父親開心。

不負當年屬望殷　精研圖譜作疇人
霜蹄未憚征途遠　電腦欣看技術新
豈但謀生足衣食　還應服務爲人民
願兒更奮垂天翼　勝似斑衣娱老親

甲子大雪前五日書贈
緝志兒存念
王力時年八十有五

黃山〔一〕

匡廬秀拔桂林幽〔二〕，爭似黃山擅勝遊〔三〕？
七十二峰看不足〔四〕，靜觀雲海念悠悠〔五〕。

注釋

〔一〕黃山，在安徽省南部。風景秀麗，以奇松、怪石、雲海、温泉著稱，是我國著名的休養、旅遊勝地。

〔二〕匡廬，即江西省的廬山。◎秀拔，山勢挺拔。◎幽，風景清秀。

〔三〕爭似，怎似。這兩句是説，廬山、桂林的風景雖各有特色，但不如黃山具有各處旅遊勝地的優點。

〔四〕七十二峰，泛指黃山風景區的風景點。黃山奇景有名可指者有蓮花峰、天都峰等三十六峰，桃花溪等二十四溪，還有八巖十二洞。

〔五〕雲海，登高峰俯視，山間有時白雲瀰漫，儼如大海，故叫雲海。李白《關山月》詩：「明月出天山，蒼茫雲海間。」黃山雲海浩瀚，雲濤起伏變幻千姿百態，最爲壯觀。◎念悠悠，意思是發出了陳子昂《登幽州臺歌》的「念天地之悠悠」的感歎。

黄山

匡庐秀拔桂林幽，争似黄山擅胜游？
七十二峰看不足，静观云海念悠悠。

百丈泉〔一〕

香爐瀑布未堪誇〔二〕，百丈飛泉映晚霞。
誰識黄山有三絶？泉聲鳥韻杜鵑花。

注　釋

〔一〕百丈泉，黄山風景區的風景點。

〔二〕香爐瀑布，指廬山香爐峰下的瀑布。

百丈泉

香炉瀑布未堪夸，百丈飞泉映晚霞。
谁识黄山有三绝？泉声鸟语杜鹃花。

登黄山七絶四首(一九八三年五月)〔一〕

老來訪勝不辭艱，睥睨崎嶇萬仞山〔二〕。
遊客問年稱偉大〔三〕，扶笻拾級勇登攀〔四〕。

山鳥清音宛轉啼，花開紅白杜鵑枝。
陡坡直上三千級，意志堅時腿不疲。

可笑天公浪折磨〔五〕，陰雲密布雨滂沱〔六〕。
三人共傘真狼狽，艱苦雖多樂更多。

登山歷險事終成，進食烘衣笑語盈。
此是生平第一樂，親朋嘖嘖贊連聲〔七〕。

注釋

〔一〕作者時年八十有四。詩中記述他策杖登山勇攀高峰的情景，表達了作者老當益壯的精神狀態。詩的語言質樸，富有生活情趣。

〔二〕睥睨，斜視，有輕視的含意。《後漢書・仲長統傳》：「逍遥一世之上，睥睨天地之間。」

〔三〕當作者登至黄山的高處時，有遊客問作者多大年紀，作者説已八十四歲，遊客贊説「偉大」，故云。

〔四〕筇，手杖。◎拾級，沿階梯而上，《禮記・曲禮上》：「拾級聚足，連步以上。」

〔五〕浪，胡亂。

〔六〕滂沱，形容大雨。

〔七〕嘖嘖，贊歎聲。

登黄山七绝四首

老来访胜不辞艰，睥睨峥嵘万仞山。
遊客询年称伟大，扶筇拾级勇登攀。

山鸟清音宛转啼，花开红白杜鹃枝。
陡坡直上三千级，意志坚时腿不疲。

可笑天公很折磨，阴云密布雨滂沱。
三人共伞真狼狈，艰苦虽多乐更多。

登山历险事终成，进食烘衣笑语盈。
此是生平第一乐，亲朋啧啧赞连声。

粵秀中學校歌歌詞〔一〕

越秀之麓〔二〕，
學海菊波〔三〕，
當年庠序先河〔四〕。
旅滇同鄉〔五〕，
不廢弦歌〔六〕，
昆明設校分科。
滇越一家無偏頗〔七〕，
四海兄弟共切磋〔八〕。
師求其良，
友求其多，
處群其道唯和。

注釋

〔一〕一九四三年，作者在昆明西南聯合大學任教授，曾於此期間，兼任昆明廣東會館辦的粵秀中學校長。這是作者爲粵秀中學寫的校歌歌詞。

〔二〕越秀，即廣州的越秀山。

〔三〕學海，指學海堂書院。

〔四〕庠序，《孟子·滕文公上》：「設爲庠、序、學、校以教之。」庠序概指學校和教育事業。◎先河，凡創導於先的叫先河。這句概述粵秀中學源脈。

〔五〕旅滇，指廣東人客居雲南。

〔六〕弦歌，《史記·儒林列傳》：「高皇帝誅項籍，舉兵魯國，魯中諸儒尚講習禮樂，弦歌之聲不絕。」後人以弦歌借指禮樂教化。

〔七〕滇越，指雲南、廣東。粵、越相通，均係廣東簡稱。

〔八〕切磋，切磋琢磨，比喻學問上的商討研究。《詩經·衛風·淇奧》：「如切如磋，如琢如磨。」

莫浪遊〔一〕

素性愛遠遊，一生耽泉壑。
携伴攀靈巖〔二〕，驅車訪泰岳〔三〕。
每逢休沐期〔四〕，輒赴山中約。
回想當時歡，勝景渾如昨。
不料近年來，遊興忽蕭索。
中門便當遊，十里嗟寥廓。
非謂心情改，只因路途惡。
崎嶇小羊腸，草草五丁鑿〔五〕。
司機漫倘佯，乘客紛駭愕。
翻車家常飯，滚滚到山脚。
下俯欲百仞，深邃那可度。
輕則傷孤拐，腐肉寒鴉啄。

髮膚受父母，忍教無下落〔六〕？
寧作樊籠鳥，勿爲令威鶴〔七〕。

注　釋

〔一〕此詩作於一九四三年作者在昆明西南聯大任教時。抗戰時期，雲貴等大後方，道路不修，交通窳敗，行旅葬身公路兩旁的交通慘劇時有發生，作者曾目睹滇黔道上某山麓深處共有七輛失事汽車堆叠着的慘狀，痛感行旅艱難，便寫了這首《莫浪遊》詩。詩中流露了作者對路政不修、輕視民命的强烈義憤。

〔二〕靈巖，即靈巖山，在蘇州。

〔三〕泰岳，即泰山，五岳之一，在山東。

〔四〕休沐，休息浴沐，指古代官吏的例假。此指休假日。

〔五〕五丁，傳説秦惠公伐蜀不知道路，便造了五只石牛，在尾下放金，説石牛能拉金子。蜀王信以爲真，派了五個力士把石牛拉回國，爲秦國開通了去蜀的道路。事見《水經注》卷二七《沔水》。

〔六〕「髮膚」句，《孝經》：「身體髮膚，受之父母，不敢毁傷。」

〔七〕令威鶴，令威，即漢代遼東人丁令威。《搜神後記》載，令威學道成仙化作仙鶴。這裏喻死。

吊和兒〔一〕

運逢陽九苦時艱〔二〕，七載音書鮮往還。
聞道雋才堪跨竈〔三〕，不圖孤憤竟逾閑〔四〕。
屬文共惜嘔心李〔五〕，棄世終成短命顏〔六〕。
誰復桂林尋野草〔七〕，夢魂長繞月牙山〔八〕。

注釋

〔一〕和兒，即作者長子王緝和。王緝和，筆名秦似，現代著名作家，著有《秦似雜文集》等，抗戰時期在桂林主編進步刊物《野草》，從事進步文化活動。一九四五年桂林淪陷時，曾訛傳秦似被殺害。作者當時在昆明西南聯大任教，信以爲真，便寫這首詩吊之。

〔二〕陽九，古代術數家以四六一七歲爲一元，初入元一〇六歲，外有灾歲九，稱爲「陽九」。見《漢書・律曆志上》。後人便以「陽九」指灾難之年或厄運。這裏指日本帝國主義對中國發動侵略戰爭後國家民族遭到的厄運。

〔三〕跨竈，比喻兒子勝過父親。蘇軾《答陳季常書》：「長子邁作吏，頗有父風，二子作詩騷殊勝，咄咄皆有跨竈之興。」

〔四〕孤憤，指不得志於時。◎逾閑，不守禮法，越出規矩。

〔五〕嘔心李，指唐代詩人李賀。《新唐書》載，李賀作詩，常每旦日出，騎弱馬，從小奚奴，背古錦囊，遇所得，輒書投囊中，及暮歸，足成之。其母使婢探囊中，見所書多，即怒曰：「是兒要嘔出心乃已耳！」

〔六〕短命顔，即顔回。顔回，孔子門徒，有德行，早卒。《論語·雍也》：「有顔回者好學，不遷怒，不貳過，不幸短命死矣！」這兩句是感歎兒子高才早卒。

〔七〕野草，指秦似所編的《野草》。

〔八〕月牙山，桂林風景勝地，在桂林七星公園内。

題桂林月牙山長聯〔一〕

甲天下名不虛傳，奇似黄山，幽如青島，雅同赤壁〔二〕，佳擬紫金〔三〕，高若鷲峰〔四〕，穆方牯嶺〔五〕，妙逾雁蕩〔六〕，古比虎丘〔七〕，激動着倜儻豪情〔八〕，志奮鯤鵬〔九〕，思存霄漢〔一〇〕，目空培塿〔一一〕，胸滌塵埃，心曠神怡消塊壘〔一二〕；

冠寰球人皆向往，振衣獨秀〔一三〕，探隱七星〔一四〕，寄傲伏波〔一五〕，放歌叠彩〔一六〕，泛舟象鼻，品茗月牙，賞雨花橋，賦詩蘆笛，引起了聯翩遐想〔一七〕，農甘隴畝，士樂縹緗〔一八〕，工展鴻圖，商操勝算〔一九〕，河清海晏慶升平〔二〇〕。

注釋

〔一〕月牙山，桂林市風景點。由七星山的南山峰組成，山腰有巖，站在花橋遠望，猶如一彎新月，故名月牙巖，山亦因此得名。一九八二年作者到桂林，曾登臨攬勝。這首長聯作於此時。長聯共一三八字，指點桂林山水，抒發登臨感慨，氣勢雄渾，屬對工整。桂林市園林局已將此長聯請作者書寫，刻於月牙山的小廣寒樓。

〔二〕赤壁，即赤壁山，在湖北黄岡縣城西北江濱。宋蘇軾曾遊此，誤以爲此地爲赤壁大戰故址，乃作前後《赤壁賦》、《赤壁懷古・浪淘沙》。

〔三〕紫金，即紫金山，又名鍾山，在南京市東，有中山陵、明孝陵、靈谷寺等名勝古迹，風景秀麗。

〔四〕鷲峰，鷲峰山，爲閩北名勝。

〔五〕牯嶺，在江西廬山風景區。避暑休養勝地。

〔六〕雁蕩，即浙江東北部的雁蕩山，多懸崖奇峰，爲旅遊勝地。

〔七〕虎丘，在蘇州市北，相傳吴王闔閭葬此。有虎丘塔、雲巖寺、劍池、千人石等名勝古迹。

〔八〕倜儻，卓異，豪爽，灑脱不拘。

〔九〕鯤鵬，古代傳説中的大鳥。見二九〇頁《贈緝志》注五。

〔一〇〕霄漢，泛指高遠的天際。霄，雲霄；漢，天河。

〔一一〕培塿，小土阜，即土丘。

〔一二〕塊壘，比喻鬱積在胸中的不平之氣。

〔一三〕振衣，抖擻衣服。謝朓《觀朝雨》詩：「平明振衣坐，重門猶未開。」

〔一四〕探隱，尋幽覓勝。

〔一五〕寄傲，寄託豪情。

〔一六〕放歌，盡情高歌。

〔一七〕遐想，悠遠的思索和想象。

〔一八〕縹緗，書卷。縹，淡青色的帛；緗，淺黄色的帛。古時常用作書囊和書衣，後因以「縹緗」爲書卷的代稱。

〔一九〕勝算，《孫子・計篇》：「多算勝，少算不勝，而况於不算乎！」後因指能計勝的謀略。

〔二〇〕河清海晏，指黄河水清，滄海波平。舊時用以形容太平盛世。

題桂林疊彩山對聯〔一〕

過五嶺近月牙秀水花橋競秋色〔二〕；
傍七星鄰象鼻層巒疊彩占春光〔三〕。

注釋

〔一〕疊彩山，在桂林市北，是市内較高的山峰。山石層層横斷，彩翠相間，有如錦緞堆疊。山頂可縱覽灕江山水景色，有「江山會景處」之譽。這副對聯是作者於一九八二年應桂林市園林局之請而作，已刻匾於疊彩山的疊彩門。

〔二〕五嶺，指五嶺山脈。桂林在五嶺之外，故云過五嶺。◎月牙（山）、花橋均爲桂林風景勝地。

〔三〕七星（山）、象鼻（山）均爲桂林風景勝地。

我爲什麽這樣歡笑〔二〕

我爲什麽這樣歡笑？
　並非因爲酒醉飯飽。
我不是發了大財，
　也不是撿得珠寶。
我今天這樣歡笑，
　是由於我的生活美好。
什麽是美好的生活？
　就是我能爲「四化」效勞。

春節盛會，
　喜溢眉梢。
你瞧！

我們這班老頭兒、老太婆，
　經過那樣的駭浪驚濤，
没有頽唐，
　没有潦倒。
個個加油幹，
　人人健步跑。
我們要學那永不服老的廉頗〔二〕，
　我們要學那壯心不已的曹操〔三〕。
我們能上九天攬月，
　誰説我們年高？
我們能翻十萬八千里筋斗雲，
　誰説我們人老？
爲了對社會主義作出貢獻，
　我們要和全國青年一道，

踏上「四化」的征途。
我來了。

注　釋

〔一〕一九八三年春節，作者參加全國政協舉行的春節茶話會。這是作者唯一用新詩形式寫的一首詩，表達了作者願爲「四化」建設貢獻力量的滿腔熱忱。

〔二〕廉頗，戰國時名將。見八九頁《五屆政協會議感賦》注五。作者以爲廉頗這種不服老的精神值得學習。

〔三〕曹操，即魏武帝，三國時政治家、軍事家、詩人。他曾在《龜雖壽》詩中説：「老驥伏櫪，志在千里。烈士暮年，壯心不已。」

廬山八詠〔一〕

（一）初登廬山

太白東坡曾寄興〔二〕，嶺峰近遠競低高。
廬山面目今朝識，八四衰翁意氣豪〔三〕。

（二）花徑〔四〕

四月桃花娱樂天〔五〕，今吾來訪有前緣。
平湖瀲灩明如鏡〔六〕，映得繁花分外鮮。

（三）仙人洞〔七〕

穴居宅處隔仙凡，吕祖栖霞丈八巖〔八〕。
如此仙人何足羡？空山寂寞伴楓杉。

（四）含鄱口〔九〕

涵山湖水傍湓城〔一〇〕，放眼鄱陽無限情〔一一〕。
千仞峰窮千里目，遠山蒼翠暮雲平。

（五）遥看香爐峰瀑布〔一二〕

水溢香爐起白波，清泉千尺瀉銀河〔一三〕。
甫能飛瀑周寰宇，洗盡人間穢濁多。

（六）聰明泉〔一四〕

離朱子野擅聰明〔一五〕，天賦何嘗泉造成？
堪笑世人愚可憫〔一六〕，妄圖一勺治聾盲。

（七）盧山道上

山道迴還御不驚，幽思悄悄頌山靈。
密林參竹根生笋，古木横枝葉展平。
嶺枕九江倚雙劍，峰高五老聳孤亭。
謫仙已逝東坡去〔一七〕，此地空餘松柏青。

（八）白鹿書院〔一八〕

匡廬設帳幾冬春〔一九〕，嶽麓嵩陽與等倫〔二〇〕。
物我相忘高境界〔二一〕，辨思兼用見經綸〔二二〕。
及門何止三千士〔二三〕，入室應能七十人〔二四〕。
舊學商量非我願〔二五〕，新知涵養仰精神〔二六〕。

注釋

〔一〕廬山，在江西省九江市北，境内九十餘峰蜿蜒連綿，風景秀麗，氣候宜人，是我國著名的休養、旅游勝地。一九八三年四月，作者遊廬山。這組《廬山八詠》寫於此時。

〔二〕太白，李白，字太白，唐代大詩人。◎東坡，蘇軾，號東坡居士，宋代文學家。李白、蘇軾，均曾遊覽廬山，留下著名的詩文。

〔三〕「廬山」二句，廬山雲霧詭譎，變化莫測，自古以來就有「不識廬山真面目」之歎。這兩句意思是説，今天我是抱着要看看廬山真面目的目的而來的，這也算是我這個八十四歲的老人的豪興吧！

〔四〕花徑，廬山風景點，爲唐代詩人白居易吟詩作賦處，又稱司馬花徑。

〔五〕樂天，白居易，字樂天，唐代大詩人。白居易貶江州（今九江）司馬時，嘗遊廬山。時值暮春四月，山下桃花凋謝，山上却桃花盛開。有《遊大林寺》詩：「人間四月芳菲盡，山寺桃花始盛開。」四月桃花娱樂天，本此。

〔六〕平湖，指花徑湖。◎瀲灧，形容水滿。蘇軾《飲湖上初晴後雨》詩：「水光瀲灧晴方好，山色空濛雨亦奇。」

〔七〕仙人洞，廬山風景點。相傳爲仙人吕洞賓求仙學道之處。

〔八〕吕祖，即吕洞賓。

〔九〕含鄱口，在含鄱嶺前，廬山風景點。

〔一〇〕湓城，即湓口城。這裏指九江市。

〔一一〕鄱陽，江西的鄱陽湖。

〔一二〕香爐峰瀑布，廬山風景點。李白詩云：「日照香爐生紫烟，遥看瀑布挂前川。飛流直下三千尺，疑是銀河落九天。」

〔一三〕銀河，天河。

〔一四〕聰明泉，廬山風景點。

〔一五〕離朱、子野，古代傳説中耳聰目明的人。見二三〇頁《哭元任師》注二。

〔一六〕堪笑，可笑。

〔一七〕謫仙，即李白。李白《對酒憶賀監》詩序：「太子賓客賀公（知章），於長安紫極宫一見余，呼余爲『謫仙人』。」

〔一八〕白鹿書院，即白鹿洞書院，在廬山五老峰下白鹿洞。白鹿洞原爲李渤讀書處，宋咸平時建立書院，後廢。南宋朱熹知南康軍，重建修復爲講學之所。與嵩陽、嶽麓、睢陽書院並稱宋代四大書院。

〔一九〕帳，絳帳，紅色的帳帷。《後漢書・馬融傳》：「（融）常坐高堂，施絳紗帳，前授生徒，後列女樂。」後人以「絳帳」爲師長和講座的代稱。這句是説朱熹在白鹿書院授徒和講學。

〔二〇〕嶽麓嵩陽，即嶽麓書院和嵩陽書院。◎等倫，齊名。

〔二一〕「物我」句，白鹿書院明倫堂有朱熹手書對聯：「鹿豕與遊，物我相忘之地；泉峰交映，智仁獨得之天。」

〔三二〕「辨思」句，朱熹手訂白鹿書院生徒學習的五個程序是：「博學之，審問之，慎思之，明辨之，篤行之。」他主張窮理（辨思）與篤行（用）並重，學以致用，故云「思辨兼用」。◎經綸，指處理國家大事的才幹。

〔三三〕及門，泛指登門受業的弟子。

〔三四〕入室，比喻學問技能得到師傳達到高深的地步。《論語·先進》：「由也升堂矣，未入於室也。」

〔三五〕舊學，指朱熹的理學。

〔三六〕新知，指馬列主義的新思想。◎仰，靠。

贈曾世英先生〔一〕

孫吳兵略賴方輿〔二〕，國計民生繫版圖〔三〕。
八五老翁勤測繪，豪情能得及君無？

注釋

〔一〕曾世英，全國政協委員，國家測繪研究所所長，我國地圖專家。

〔二〕方輿，指地。古謂天圓地方，地能載萬物故稱地爲方輿。宋時祝穆撰《方輿覽勝》，記當時地理，故地理學舊時稱爲方輿學。這裏係指地理學。

〔三〕版圖，指户口册和疆域圖。版，户籍；圖，地圖。

贈侯寶林〔一〕

羨汝才華天賦與，當今曼倩遠知名〔二〕。
談言微中能砭俗〔三〕，豈特詼諧博笑聲〔四〕。

注釋

〔一〕侯寶林，著名的相聲表演藝術家。

〔二〕曼倩，東方朔，字曼倩，漢武帝時待詔金馬門，官至太中大夫。善諷諫，以詼諧滑稽著稱於世。

〔三〕談言微中，謂言談委婉而切中事理。語見《史記·滑稽列傳》：「談言微中，亦可以解紛。」◎砭，救治。

〔四〕詼諧，戲謔，逗樂。

《壯哉中華》徵文〔一〕

高山岌岌水泱泱〔二〕，大好河山是我鄉。
禹迹芒芒多寶藏〔三〕，原田每每足菰粱〔四〕。
獻身甘願爲梁柱，許國當能促富強。
永矢弗諼心似鐵〔五〕，匹夫有責繫興亡。

注釋

〔一〕此詩作於一九八三年六月。

〔二〕岌岌，形容山高。◎泱泱，形容水的深廣。

〔三〕禹迹，謂夏禹治洪水足迹所至之處，古時借指中國的疆域。《左傳·襄公四年》：「芒芒禹迹，畫爲九州。」

〔四〕原田，平原上的田地。◎每每，肥美，肥沃。語見《左傳·僖公二十八年》：「原田每每，舍其舊而新是謀。」◎菰粱，這裏指糧食。菰，俗稱茭白，其實如米，稱雕胡米，古時以爲六穀之一；粱，粟。

〔五〕永矢弗諼，語見《詩經·衛風·考槃》：「永矢弗諼。」矢，誓；弗諼，不忘。

緬懷西南聯合大學〔一〕

蘆溝變後始南遷〔二〕，三校聯肩共八年〔三〕。
飲水曲肱成學業〔四〕，蓋茅築室作經筵〔五〕。
熊熊火炬窮陰夜，耿耿銀河欲曙天〔六〕。
此是輝煌史一頁，應教青史有遺篇。

注釋

〔一〕一九八三年秋，作者到昆明，曾訪問抗戰時期昆明西南聯合大學舊址，追懷往事，寫了這首詩。

〔二〕蘆溝變，蘆溝橋事變。日本帝國主義開始向中國發動大規模的侵略戰爭。

〔三〕三校，指北京大學、清華大學和南開大學。三校在抗戰開始後，從北平、天津遷到昆明，組成西南聯合大學，一直到八年抗戰勝利後，始遷返北平、天津。

〔四〕飲水曲肱，語出《論語・述而》：「飯疏食，飲水，曲肱而枕之，樂亦在其中矣。」飲水，喝清水；曲肱，以手臂彎曲當枕。這句寫當時生活條件的艱苦。

〔五〕經筵，宋代爲皇帝講解經傳史鑒特設的講席。這裏泛指教室和校舍。

〔六〕「熊熊」兩句是説，師生在艱難中靠着心中燃燒着拯救民族危難的火炬熬過黑夜盼望着勝利的黎明曙光。◎耿耿，形容微光。謝朓《暫使下都夜發新林至京邑贈西府同僚》詩：「秋河曙耿耿，寒渚夜蒼蒼。」

遊石林〔一〕

結伴扶笻遊石林，群峰高聳樹森森〔二〕。
一雙仙鶴高頭樂，萬丈回欄繞水深。
巨劍指天呈利鍔〔三〕，臥鐘横地有清音。
歷年億兆曾滄海，覽勝懷情慨古今〔四〕。

注　釋

〔一〕石林，在昆明市東南一百二十公里的路南彝族自治縣境内，爲我國著名的旅遊勝地。此詩作於一九八三年。

〔二〕森森，繁密。這句是説石林中高聳的石峰有如繁密的樹林。

〔三〕鍔，劍刃。

〔四〕「歷年」二句，石林外貌爲典型的喀斯特地形。據考證，在古生代石炭紀時，這裏是一片浩瀚的大海。◎歷，經過；滄海，大海。這兩句是説，想到石林幾億年前曾是浩瀚的大海，不禁引起古今滄桑的感慨。

題《中國歷代詩話選》〔一〕

詩家三昧不難求〔二〕，形象思維誰與儔〔三〕。
南國永懷花似火〔四〕，西樓獨上月如鈎〔五〕。
萋萋芳草添遊興〔六〕，滚滚長江動旅愁〔七〕。
情景交融神韻在〔八〕，不須修飾自風流〔九〕。

注釋

〔一〕這首詩寫於一九八三年孟冬。《中國歷代詩話選》於一九八五年由湖南嶽麓書社出版。這首詩形象地闡述了作者關於詩歌創作的某些觀點。

〔二〕三昧，指事物的訣要和精義。陸游《示子詩》：「正令筆扛鼎，亦未造三昧。」

〔三〕形象思維，又稱藝術思維。它遵循認識的一般規律，即通過實踐由感性認識進入理性認識，達到對事物的本質認識，但却有其特殊性，即一般的不脫離具體形象，而只是捨棄那些純粹偶然性的、次要的、表面的東西。作家、藝術家的思維是在對現實生活進行深入觀察、體驗、分析後，選取並憑藉具體感性材料，通過想象、聯想和幻想，伴隨着强烈的感情和鮮明的態度，運用集中概括方法，塑造完整和有意義的形象，以表達自己的觀點。◎儔，匹。

〔四〕「南國」句，指白居易《憶江南》詞中「日出江花紅勝火，春來江水緑如藍」中關於江南春色的描寫。

〔五〕「西樓」句，指李煜《烏夜啼》詞中「無言獨上西樓，月如鈎，寂寞梧桐深院鎖清秋」中關於庭院秋色的描寫。

〔六〕萋萋芳草，指唐崔顥《黄鶴樓》詩：「晴川歷歷漢陽樹，芳草萋萋鸚鵡洲。」

〔七〕滚滚長江，指杜甫《登高》詩：「無邊落木蕭蕭下，不盡長江滚滚流。」以上四句是説，詩人寫詩就是要像這些詩那樣通過具體形象的塑造來給人以藝術感染。

〔八〕神韻，指詩的風格韻味。

〔九〕風流，作品超逸美妙。司空圖《詩品·含蓄》：「不着一字，盡得風流。」

在中文系師生聯歡會上〔一〕

辛勤攻讀趁青春，萬卷圖書筆有神〔二〕，
請問成材何所用？學來本領爲人民。

注釋

〔一〕這首詩即席寫於一九八三年冬北京大學中文系師生聯歡會上。詩中勉勵學生努力攻讀，學好本領，將來爲人民服務。

〔二〕「萬卷」句，杜甫《奉贈韋左丞丈二十二韻》詩：「讀書破萬卷，下筆如有神。」

遊鏡泊湖〔一〕

妙哉造化巧生成〔二〕，萬頃煙波一片清〔三〕。
瀑急疑從九天落〔四〕，湖高欲與半山平。
曈曈初日冲雲出〔五〕，泛泛漁舟逐浪行〔六〕。
自是北溟風景好〔七〕，華樓酣睡夢猶縈。

注釋

〔一〕鏡泊湖，古稱忽汗海，在黑龍江牡丹江上游寧安縣境内，是我國最大的堰塞湖。南北長四五公里，水深處達六二米。湖面海拔三五〇米，出口處有吊水樓瀑布，落差高二〇米，寬四〇米。湖内煙波浩淼，風光綺麗。一九八四年八月，作者到此遊覽，寫了這首詩。

〔二〕造化，天地，自然界。

〔三〕煙波，水波渺茫，遠處有如煙霧瀰漫。

〔四〕九天，天空，極言其高。

〔五〕曈曈，太陽初出由暗到明的景象。

〔六〕泛泛，漂浮。

〔七〕北溟，也叫北冥，古人想象中的北方最遠的海。《莊子・逍遥遊》：「北冥有魚，其名爲鯤。」這裏借指鏡泊湖。

題戴震紀念館〔一〕

哲學兼科學，疇人擅九章〔二〕。
天文識盈縮〔三〕，聲類辨陰陽〔四〕。
原善明經典〔五〕，傳薪得段王〔六〕。
高山安可仰，徒此挹芬芳〔七〕。

注釋

〔一〕戴震，清代思想家、學者，字東原，安徽休寧人。他對天文、地理、數學、歷史均有深刻研究，對經學和語言學有重大貢獻，卓然爲一代學術大師。解放後，在原籍安徽建有戴震紀念館。這是紀念館的同志要作者爲紀念館題的詩。此詩作於一九八四年秋。

〔二〕疇人，我國古代稱曆算家爲疇人，此指數學家。

〔三〕盈縮，有餘與不足。《戰國策·秦策三》：「進退盈縮變化，聖人之常道也。」

〔四〕辨陰陽，指戴震在音韻學上的貢獻。戴震精通古音，他從分析《廣韻》入手，區別等呼洪細與韻類異同，創古音九類二十五部之説及陰陽入三分等理論。

〔五〕原善，指戴震《原善》等經學著作。

〔六〕傳薪，指師生遞相傳授。◎段王，指清代著名文字訓詁學者段玉裁和王念孫。段、王均曾師事戴震。

〔七〕「高山」二句，高山，《詩經・小雅・車舝》：「高山仰止。」高山比喻德行的崇高，古人以爲有德者則仰慕之。◎徒此，祇此。◎挹，酌取。芬芳，香氣。這兩句基本係直接引用李白《贈孟浩然》詩句：「高山安可仰，徒此揖清芬。」意思是，戴震的學問事業是我們難以仰攀的，只能酌其芬芳。

贈李賦寧教授〔一〕

搬煤運甓共雙肩〔二〕，我已白頭君壯年。
我自負輕君負重，每懷高誼輒欣然。

注釋

〔一〕李賦寧，北京大學教授，文革期間與作者同被迫害，在北大從事搬瓦運煤的勞動。這首詩是作者一九八五年追懷「文革」往事書贈李賦寧教授的。

〔二〕甓，瓦。